転生しまして、現在は侍女でございます。

5

登場人物紹介
私は私らしく向き合うのが一番なのです
ユリア
王女宮筆頭侍女として、プリメラに仕える。有能だと思われているが、恋愛ごとに関しては極端に疎い。
好きな人の色んな表情が見たいんだ
アルダール
バウム伯爵家の長子で近衛騎士。ユリアと恋人同士になってからも、相変わらず紳士。
ユリアがいないと寂しい
プリメラ
クーラウム王国第一王女。ゲームでは悪役令嬢になってしまう予定だったが、ユリアの奮闘により才色兼備な姫に育った。

アタシがすべきことは、ユリアさまをお守りすること
レジーナ
王女宮所属の護衛騎士でメッタボンの恋人。同じ王女宮で働くユリアは、友人であり尊敬する同僚。
ユリアさまは、優しい人だわ
エーレン
外宮所属の侍女。秋の園遊会の際に、ユリアとの間にトラブルがあったが現在は和解している。
おかえりなさい、姉上
メレク
ファンディッド子爵家令息で、ユリアの腹違いの弟。王宮で活躍する姉の仕事ぶりに憧れている。
特製サンドイッチ完成だ
メッタボン
ユリアが採用した王女宮専属シェフでレジーナの恋人。元冒険者で腕っぷしが強い。

Contents

プロローグ

最も警戒していた【ゲーム】開始時期である生誕祭、それを無事に終えて平穏な日々を、いつも通りの日々を過ごす私は相変わらずモブとして生きているわけですが。

ゲームヒロインであるミュリエッタさんが現れても、私の周りに何か大きな変化が起こる……なんてこともなく。

少なくとも私の周辺では特別なことは起こっておりません。プリメラさまは可愛いし、後輩侍女たちも順調に成長しているし、むしろ私自身、仕事も恋愛も充実して……多少まあ、恋愛初心者よろしく恋に浮かれたり小さなことを不安に思って、オロオロおたおたしちゃったりしているくらいでしょうか。

その点においてはかっこ悪い上にみっともないことこの上ない。そんなことの連続だったわけですが、でも、それこそ恋人と向き合わなくちゃとかまあ思ってみたり。

生誕祭ではまさかの、ゲーム軸よりも前にプリメラさまとミュリエッタさんが邂逅《かいこう》するっていうイベントを無事に終えて、ちゃっかり巷《ちまた》で人気の舞台を恋人と観に行っちゃったり、年末には王女宮でこっそりとプリメラさまと晩餐会をしたり、あれっ？　思ったよりもリア充生活してました。

可愛くってチート能力を持っている、ゲーム設定そのままのミュリエッタさんが、自分にとって初めての恋人に想いを寄せているかもとか色々あって、いくら私が有能侍女だからって一人の女としてはこう、右往左往してしまうっていうか。

いいえ、そういうのを乗り越えて今ここにいるんですけどね⁉

有能とか自分で言うとちょっと、いえ、かなり恥ずかしいな……？

とまあ、昨年は色々あったけど、それはそれで経験の一つだし、長い人生色んなことがあるって前向きに思えるようになってきたばかりです。

そして、そんな激動の一年が無事に終わり、新しい年が始まったというのに！

気合を入れた新年祭！　今年の私は一味違う！

そう意気込んでいたことは否《いな》めません‼

そう……ここまでは良い感じだったんです。ええ、非常に良い感じだったんです。

初めてできた恋人に誕生日を祝ってもらえるこの幸せな日に、やってきた脳筋公子がまるで当然かのようにアルダールを連れていこうとするっていうハプニングがなければすごく、すっごく良い雰囲気だったと思うんですよ⁉

挙句の果てにこちらが向こうの言う通りにしないものだから難癖までつけられて……。

なんですか、私のことを貧相って言ったり武闘大会に勝手にエントリーしたり、好き勝手しすぎじゃないですかね⁉

アルダールは黙っているよう私に言いましたけど、そりゃもう一言ぐらい言ってやりたいってなるじゃありませんか！

「どのような意図があれ、どうか私の恋人を、あまり侮辱なさらないでください！」

だから威勢よく啖呵《たんか》を切ってやりましたとも！　よくやった私!!

……とみなさま、お思いでしょうか。いやいや個人的には頑張ったつもりですよ。ええ、自分自身を褒めたいです。

でもまあ、それもこれも脳筋公子側もお忍びであることが前提であってですね？

これがもし脳筋公子の従者が直情的なタイプとかだったら、私、無礼討ちされていたかもしれませんよね。主が侮辱されたってだけで、無礼討ちの理由として成立しますからね。やっていいわけではありませんが、上流階級ともなれば名誉を重んじることがままありますので……。

とはいえ、そのような事態になったらさすがに大ごとですからね！

まあアルダールが傍《そば》に居る以上、荒事になれば守ってくれるとは思いますが……そこに期待して行動するようでは浅はかというものです。

だって荒事が起きなかったとしても、この後、城に戻った脳筋公子、或《ある》いは爺やさんが城勤めの侍女が客人である彼らに無礼を働いたのだと訴えてくるようであれば、あちらの方が身分高き客人なのですから上の方々が対応しないわけにはいきません。

とはいえ、筋が通ってないので媚《こ》びへつらう理由はありません。

いやでも、もっと穏便《おんびん》にやり過ごす方法があったのではないのか……と私の脳内でぐるぐると問答が繰り返されましたが、正直なところ、そこはあまり心配しておりません。

（かっとなってやった。反省はしているが後悔はしていない）

なんだか前世で聞いたことがあるようなセリフが頭の中を過《よぎ》りましたが、まあ気にしてはいけません。

この啖呵を切った時は、まさにこの状態だったんです。勢いって強い。

しかし、今後も似たような状況になった時に上手くいくとは限りません。

今回は脳筋公子の傍にいたのが、老齢の爺やさんだったから。

そしてその爺やさんが、怒るよりもオロオロする方だったから。

だから問題ないっていうだけの話なんですよね。

(どうしよう)

脳筋公子がどんな発言をするかによって、私もお咎《とが》めを受ける可能性があるわけですが、あちらは睨みつけてくるだけで何も言おうとはしてきません。

何とも言えない空気となった沈黙が私たちの間にあって、凝視される立場になっている私としては背中に変な汗がですね……?

勿論《もちろん》、顔には出しませんが！

(……どうしよう、啖呵を切ったのはいいけれど、この後どうしたらいいのかしら⁉)

睨み合いの上、沈黙したままの膠着《こうちゃく》状態。

この場を、どう穏便にまとめるのか。

そもそも穏便にまとめたいなら啖呵を切るなよっていう話なんですが、いやもう口から飛び出たそれは戻ることはないんですよ。

ないならないで、やらかした以上、責任をもって私がなにかきっかけを……とは思うんですが、そう上手いこと良い手が思いつくわけでもなし！

そのまま、ほどなくして幾人か身なりの良い男性たちが現れて私たちを見つけると、必死の形相で駆け寄ってきました。

そして脳筋公子の傍《かたわ》らに膝をつくその姿を見て、ああ、あちらの家人か……とさらに身構えました。だって彼らが、何事があったのかと私たちを睨みつけてくる可能性がないとは言い切れませんからね。

ところが、脳筋公子は何かを言おうとする部下たちを手で制して、私をじっと見つめたまま口を開きました。

「……戻るぞ」

「ぼ……坊ちゃま……」

「早くしろ」

「は、はい！　これ、みなの者、行くぞ！」

状況が飲み込めない家人の方々は「えっ？」という感じでしたが、爺やさんに急《せ》き立てられるようにして、脳筋公子の後を今度こそ見失わないように追っていったのです。

（私もまだまだ未熟者ってことですね……よくないなあ、気をつけなきゃ……）

それにしても脳筋公子のあの態度。

（あれはどう判断したらいいのかしら……）

部下たちに何も問うことを許さず、私に向かってけしかけるような真似もせず、少々傲慢《ごうまん》さがあるものの高位貴族として相応《ふさわ》しい振る舞いで去っていったわけですが、急にどうしたのでしょうか。

（さっきまであんなに……小さな子供みたいに、アルダールとの勝負にこだわり続けていたのに……）

脳筋公子の態度が急変した理由は気になりましたが、それよりもほっとしました。なんだかんだ、ものすごく緊張状態でしたから。

（でも次は本当に気をつけなくては）

ただただ去っていく脳筋公子たちを、茫然と見送ってしまったのはなんとなく失敗だった気もします。私たちが悪くないという手を、きちんと打てていないような。

（いえ、お忍びなのだからその方がいいのかしら？）

お互い今回のことはなかったことに……というのが大人の対応ってやつなのかもしれませんが。でもあちらがそうしてくれるという保証がない分、こちらでも打てる手は考えておかないといけないのかもしれないだなんて思うと、こう……遠い目をしてしまいそうになるっていうか。

結局、この場で上手い答えは出そうにありません。

視線を向けると、アルダールも何とも言えない顔をしていました。

「えっ？」

ほっとしたのも束の間、アルダールに手を取られて私は驚きました。

だっていきなりだったからね⁉

アルダールは無言で私の手を取ったかと思うと、すたすたと歩き出したじゃありませんか。

そんな彼に、引っ張られるようにしながら付いていくしかない私は慌ててしまいました。

「ど、どうしたんです？」

私の問いかけにも彼は無言のままです。

歩調はゆっくりとしたもので私を気遣っているのもわかるのに、何も言ってくれないことに不安を覚えたところで大通りに戻ったのです。

そして人混みに入ったところでお祭りを楽しむ人々の笑顔を目にして、私は『ああ、デートの続きをするのに仕切り直すんだな』って思いました。

(……多分アルダールは、なんて言っていいのかわからないんじゃないかしら)

私が無茶したことを心配して、そんなことをしてはいけないって言いたいんじゃないかなと思います。でも、私が黙っていられないっていうのも理解してくれているから、何と言うべきなのか、それを考えているんじゃないかって。

(だって、アルダールは……私を、私という大人を尊重してくれている、わけだし)

実際、これで城に戻った彼らが私の無礼を訴えたとしても、私だって大人しく罰せられるつもりはありません。反省は勿論しておりますが。

私も筆頭侍女として、統括侍女さまに起こった出来事をきちんとすべてご報告して……とか、そんなのは今こうして考えても仕方ありませんよね。心配をかけてしまったのは事実なのですから。

(やっちゃったなあ)

何も言わないで大人しくしていればよかったでしょうか?

でもあそこで黙っていられるほど私はオトナでもなかったんです。

浮かれていたのは否めません、ここで何も言わないでいてくれるアルダールの方がずっと大人です。

どこか落ち着いたところで、少しお説教はあるかもしれませんが、そこは甘んじて受け入れるべきでしょう。だって私が悪いんだもの。

でもねえ、まあ、……うん……無言怖いってやつですよ‼

せめてなにか一言でもあったら少し安心でき……いや、できないな？

（愛想尽かされたらどうしよう⁉　そんなことはないと思いたい‼）

そんな風に考えたってしょうがないと思いませんか。

なんだかんだ付き合いたてということもあって、私としてはそういう心配もあるわけなんですよ！　これでも乙女ですから！　乙女ですから！

大事なことなので二回言いましたよ。

脳筋公子のことは気になりますが、今は目の前の人のことで頭がいっぱいです。


何を言うべきなのか、どうするべきなのか、迷う私に気づいているのかいないのか。

アルダールは私の手をとったまま、どんどんと歩いていくのです。

そうこうしている間に、私たちは大きなお店の前に到着しました。

それは私もよく利用しているチョコレートのお店、ミッチェラン製菓店です。

「……アルダール？」

「ついてきて」

手を取られて店内に足を踏み入れた私は、諦めてお説教を覚悟するのでした……。

第一章　二人の歩み寄り

王国内でも有名な高級店であるミッチェラン製菓店は王都にここ一つしか店舗がなく、可愛らしい外装に彩られた二階建ての建物です。

一般的な庶民の家が二、三軒建つのでは？　と思うほどの敷地面積を誇るお店の一階が販売ブースとキッチンエリアで成り立っており、二階にはいくつかの部屋があります。

その二階にある部屋は基本的にカフェエリアになっていて、お得意さまですとか、身分の高い方が使用できるようになっているのです。別途、室料という形でお支払いがありますけどね！

人気があるから、基本的にそちらは要予約らしいのですが、高位貴族の方ですと顔パスだって話です。噂だと特別なお客さま用のお部屋が存在するとかしないとか……。

で、今。

特別室ではありませんが、そんなカフェエリアの一角に私たちは今、いるわけでして……。

アルダールに手を引かれて足を踏み入れたミッチェラン製菓店。普段は注文書を記入して品を届けてもらうというやり取りか、もしくは店頭でお買い物。

つまり……ここに足を踏み入れるのは、実は私、初めてです！　しかも初めてがまさかの顔パス利用とかどんだけ貴重体験してるんだろう!!

（いやまあ、バウム伯爵家って言ったら名門だものね……）

一緒にいるのがアルダールだからこその優遇だってことを忘れてはなりません。

（それにしても、初めて入ったけど……思っていたよりも落ち着いた内装なのね）

隣り合わせで座るタイプのソファとテーブルが一つ、観葉植物、身嗜《みだしな》みを整えるための姿見などが置かれた室内。選び抜かれた調度品。まさに高級店ならでは、といった個室なんですが……。

今、初めての場所に感動している余裕はありません！

そう。ちょっと現実逃避なんてして室内を見渡したりなんかもしちゃいましたけど。

実は、今……私、こうみえて必死なのです……!!

「……ユリア」

「わかりました。わかりました、本当にわかりました、すみませんでした申し訳ございません、あのような真似はもう二度といたしません!!」

怒涛《どとう》の私の謝罪にも、アルダールは難しい顔をしているのです。

なぜこんなにも勢いよく反省しているかといえば、まあ平たく言うとアルダールにお説教されてるんですね、これが。

淑女らしくないと言われても、今はこれが精いっぱい。

いやまあ、お説教されるのは想定内だったんですけれど……。

……初めのうちはですね、お説教じゃなかったんです。

アルダールも最初はお店の従業員の方に、城下にあるバウム家へ手紙を届けてほしいとお金を包んで便箋を持ってきてもらったんです。お城に戻るよりも手紙を家人に持たせて、近衛隊に報《しら》せるということなんだなと思ったので私も黙っておりました。

私に対しても、「近衛隊長に手紙を書いて届けさせるから、買い物や祭りの見物はもう少し待ってほしい」ときちんと説明をしてくれたわけです。


なるほどって思うじゃん⁉

わかりましたって答えるじゃん‼


心配はかけちゃったけど、アルダールもそこは騎士として色々理解してくれたに違いない……って油断してました！

だけど手紙を出し終えて、注文していた品が来て、店員が下がったら……まさかのお説教開始だったわけですよ‼


ええ、まあ。

それだけなら私だって、自分が無茶をしたという自覚がありますから素直に受け入れますとも。真摯《しんし》に話だって聞いて謝罪をしますとも。

（でもできたらこの状況を脱したい！　今すぐにでも‼）

じゃあ、なんでそこまで必死なのかというとですね。

ソファで隣に座ったアルダールが私の肩を抱いて、甘く言うんですよ。

どれほど心配したかとか、あんな真似をして危険すぎる、勿論恋人の身を守るけど自分の目の届かないところだったらどうするんだとか、恋人って言ってくれたり呼び捨てにしてくれたりするのは嬉《うれ》しいけど他の男に向かってってところがどうなのか……ってあれ？　途中からおかしくありません？

　で、まあそれはともかくとして。いやよくないけど。

　この至近距離で肩を抱くっていうか、ほぼゼロ距離状態とか、耳に直接囁《ささや》きかけるようなそれは……それは……あーっ、耳がくすぐったい！　じゃない、ちょっと中毒性！　それも違う!!

　とにかくもうしませんとお約束するしかないじゃないですか！　何この恥ずかしいの。新手の拷問ですか昔からありますかそうですかこれは恥ずか死ねる。

「本当に反省している？」

「し、しております。ですから、あの……、あの、肩から手を離してほしいな、なんて……」

「……バルムンク公子はああいった、……少し直情的ではあるけれど正義感の強い気性だから、ユリアに暴力的な意味で手出しするような真似はしないだろうけれど……彼の家人はどうかわからないだろう？」

「そ、そうですね……その点は軽率だったと、反省しています……」

「そうだね、反省はしてほしい。でも……ありがとう」

「えっ」

「私のために、怒ってくれただろう？　それは、素直に嬉しかった」

　ふっと心配そうに眉根を寄せていたアルダールの表情が柔らかくなって、笑みに変わる。その瞬間を目の当《ま》たりにして、私は思わず固まってしまいました。

　嬉しそうに、目を細めて笑うその姿は本当……本当、イケメンってやつぁ！

　思わずなんでかこっちが恥ずかしくなって俯くしかできないじゃないですか。

ところで、この距離感について離れたい旨《むね》を伝えたのはスルー？　スルーなの？

私としてはまだ照れくさいですが、ようやくアルダールの雰囲気が柔らかくなったので一旦安心です。

恥ずかしいけどね⁉

そんな私の気持ちをよそに、アルダールはため息をつきました。

「まあ、元々は私がバルムンク公子の要求をなあなあにしていたことが原因だったんだ。だから巻き込んですまないと思っているよ」

「……色々、聞いてもいいんですか」

「うん。聞きたいことがあるなら、……まあ、答えられる範囲でってことになるけどね」

「あの方が、公爵位を継がれると仰《おっしゃ》っておられたのは……？」

「それは本当だよ。バウム家にも招待状が来てね……まあ行かないから、お祝いの品だけは贈らせてもらうことになっていたんだけど」

まあ、普通に考えたら国も違うし、当然、家同士のお付き合いがあるわけでもないし。個人的に親しいかと問われるとあちらから一方的に勝負を申し込まれるだけで、基本的にアルダールの友人とは言えないわけですし……。

むしろ、隣国の名前を知っている貴族だぞっていう程度の関係ですもんね。

同じ剣の師匠の下で学んだとはいえ、リアルタイムで一緒だったわけでもない……となると、ないない尽くしここに極まれりって感じがします。

そういう関係ならば、あちらの国王の代替わりで外交的に……とかそんな理由でもなければ、別国の大貴族が襲名するからってわざわざ別の国の貴族、しかもその息子がお祝いになど普通は行かないものです。一般論ですが。

（それがわかっていながら招待状を寄越すって辺り、今までのことも踏まえて『勝負したい』って言ってるようなものだものね……）

でも勿論アルダールの返事はノーだったわけですね。それこそ、そんな場を利用して勝負をしたいっていうあからさまな要望に対し、何を言っているんだって感じなのでしょう。

脳筋公子からすると、立場上これが最後のチャンスだと思っていて、予想はしていたけれどやっぱり断られて、それでも……って思いが今回の話に繋がったんだろう、というのがアルダールの見解でした。

なかなかに粘着質……じゃなかった、諦めきれない思いだったのですね。

ちょっと共感はできそうにありませんが、いつかは脳筋公子の気持ちが落ち着けば良いなと願います。アルダールの心の平穏のためにも。

「それじゃあ、あの、武闘大会が国営でないというのは？」

「うん、新年祭の武闘大会はさっきも話した通り〝お祭り〟なんだ。冒険者ギルドや商人ギルドが中心となって行われているから、傷薬などは無償で提供、優勝者は栄誉だけ……っていうね」

「国は関与していないんですか？　国を挙げてのお祭りなのに？」

「新年祭は確かに国を挙げてのお祭りだけどね、その中で行われているイベントの一環に過ぎないんだよ。ただ、一応助成金は出ていたと思う。それに、参加者にメリットがまるでないわけじゃない。強い冒険者は腕試ししたがる人もいるし、名が売れればそれだけ指名依頼も増えるからね」

「なるほど……」

興味がまるでなかったから初めて知る事実！　自分に関係のないことって基本的にそこまで注意を払わないってよくあることだと思いますが、知ってみると案外そうなんだと面白く思える不思議。

そんでもって、この武闘大会。

正真正銘、お祭りのイベントだからか序盤戦とかにちょっと目立ちたがり屋な一般人などが混じってくるんだそうです。

大体そういう方々は過去の英雄ですとか、伝説的な悪役とか、そういうのに扮して登場するってことで……まあガチでやりたい人だけが最終的に残るので、要するに盛り上げ専門の前座ってやつでしょうか。

（だから『出てきたのが本人とは限らない』って……えぇーそういうノリってどうなの？）

さすがに国王陛下や王族に関係する人物に扮するのは不敬罪にあたるそうなので、安易に仮装する人はいないそうですが、バウム家の初代とかそこまで昔に遡《さかのぼ》れば問題ないそうなので、よく名前を使われるんだそうです。あと『稀代の悪党』とか『伝説のなんたら』とかそういうのが人気。

でも中には騎士団からも名前と顔を隠して、腕利き冒険者に挑戦するために参加する人もいるから決勝戦になるとそれはもう、白熱したすごい戦いが観られるそうです。

ちなみに、誰に扮しようが構わないけれども、名誉を損ねるような振る舞いや行動をしたらコロシアムに衛兵さんが乗り込んでくるんですって。名の知れた冒険者とかになると、本人だけじゃなく真似っこさんが複数いて凄いことになるって……。

（もしかしてメッタボンを名乗る人とかもいるのかな……？　冒険者として有名かつ有能だったたって話ですものね）

そしてこの武闘大会、呼び出しの際にエントリー番号と引き換えに入場しなければ、不戦敗になるっていう、わかりやすいざっくりお祭りルールであるということもアルダールが教えてくれました。

なるほど、行かなければいいって言っていたのはそういうことだったんですね！

「あのコロシアムでは夏に御前試合があるんだ。公式での武闘大会というのはそのくらいで、後は臨時で開催されるとか民間で開かれるイベントくらいじゃないかな」

「ああ、そういえばそうですね。夏に御前試合があるというのは聞いたことがあります」

「王女殿下は観覧されたことがないんだっけ」

「あまり暴力的なものは、陛下が遠ざけておいででしたから」

国王陛下は相変わらずプリメラさまにとてもとても甘くていらっしゃるから、という言葉は飲み込みました。

なんでもかんでも遠ざけるのが良いこととは思いませんが、あれもきっと愛情ですからね！　まあそんな感じですので私も御前試合は観戦したことはございません。だって私がプリメラさまのお傍を離れるわけがないでしょう。

「……ですが、そろそろ公務の一環としてご観覧されることもあるのかしら？」

「そうだね。もしかすれば、いずれはディーンも出てくるかもしれない」

「その時にはきっと、プリメラさまは応援なさるでしょうね」

「ああ、張り切るディーンが目に浮かぶなあ」

騎士を目指している少年ならば、確かに。

思わず私たちは顔を見合わせていつかの未来に笑ってしまいました。

御前試合は本当に、騎士にとってみれば栄誉そのもの、憧れなのだと聞いたことがあります。

すべての騎士に機会があるわけではなく、選ばれた騎士だけが参加できるのです。

優勝者には賞金と栄誉、そして敬愛する、剣を捧げた先——生きた国家である国王陛下より、お褒めの言葉をいただけるのですから。

「……アルダールも参加したことが？」

「あー。うん。まあ、一応。近衛隊に所属したばかりの頃かな」

「まあ、すごい！」

知りませんでした！

いや、なんだろう、ごめん。今までほんと、興味がなかったから……反省ですね！

「今は、参加していないんだ。毎回声はかけてもらうけどね」

「そうなんですか？」

「うん、まあ……色々あってね」

苦笑するアルダールに、あ、これあんまり聞いちゃいけない話だと理解しました。

私は空気が読める女ですからね！　脳筋公子たちの時はちょっと失敗しましたけど!!

（アルダールが活躍するところ、ちょっと見てみたかったけどね）

そう思ったのは内緒です。私が見てみたいとお願いしたら、彼は参加してくれるかもしれません。

ですが、あんまり乗り気でないアルダールにそんなお願いをするほど、我儘《わがまま》をするつもりはありません。

でも、うん。

そろそろ本題に入るべきでしょう。

（いい加減、どうでもいい質問をするのは止めた方がいいよね）

私が本当に聞きたいのは……聞いていいのかなって思っているのは、別のこと。

聞いたからってどうなるとは思えないし、どうこうできるわけじゃないけど。

「……アルダール、あの」

「うん」

「身の内に獣を飼っている、ってバルムンク公子が仰っていましたよね。それってなんですか？

今でこそ大人しい……って……」

「あー、……うん。いや、隠してるわけじゃないし騙《だま》しているわけでもない」

アルダールが、抱きしめていた手を放して、私から視線を逸らす。

それは、ちょっとだけ、躊躇《ためら》うみたいな仕草で。

恥ずかしいと思っていたけど、解放されてみたらみたでなんだか寂しい。

（いや、そんなこと考えてる場合じゃないんだって）

アルダールの方を見ると、難しい顔をしているじゃありませんか。

あれ、やっぱり聞いちゃいけないやつだった？　私は慌ててなんとかしようと試みました。

「あの、言いたくないことなら別に」

「いや」

少しだけ、間を置いてから。

アルダールは、改めて私の手を取った。

「あまり、聞いていても楽しい話じゃない。でも、知ってもいいと、ユリアが言ってくれるなら。

……話したいなと、思う」

「アルダール？」

「聞かせるのは、恥ずかしい。私は、ユリアに無様な姿を見せ続けている気がするから余計にね」

「そんなことありませんよ」

「でも、……幻滅せずに、私を知ってほしいとも思ってる」

曖昧《あいまい》に笑うアルダールの姿は、今までも何度か見てきました。

それは大体、困った時だったり……誤魔化す時だったり。

私に知ってほしいと言ってくれたのは。多分本心で……怖がっている、ようにも見える？

（どうしよう……もしかして私、嬉しいと思った？）

聞くのが怖いとは思わない。

でもなんでだろう。

（嬉しいけど、怖いって思った？）

私は、この人のことが、どんどん好きになっている、と思うんです。

いや恋情があるからね？　だからこそお付き合いしているわけですが。

こう……のめりこんでいく感覚っていうの？

それが、怖いなって気づいてしまいました。

今までプリメラさまの幸せだけを願ってきました。そのお傍にお仕えすることが幸せだと思っていました。それだけを信じて直進してきた感じです。

でも、それだけじゃなくて、今は……アルダールの隣にいたいなって思っているんです。

勿論プリメラさまの幸せを願い続けること、侍女として誰よりも近くでお仕えする喜びは忘れていませんよ？　そうじゃなくて、両方欲しいって思ってしまった自分がいるんです。

仕事も恋も、両方。

それって欲張りじゃないのかなとか、色々考えちゃうんですよ。そんなに器用じゃない自分が、あっちもこっちも欲しがって大丈夫なのかなって。どれかが疎《おろそ》かになってしまったりしないだろうかって、思ってしまうんです。

（もっとこの人のことを知りたい……って思っているけどそれって、……どうなの？）

「……だめ？」

ちゅ、と指先にキスが落とされる。

それだけで、かっと体が熱くなる。

（ずるい）

あんな風に心配して、甘やかしてくる癖にこうやって甘えてくるんだから。

その上カッコよくて強くて誰もが頼りにしている騎士ってどんだけハイスペックなのか、自覚していないんだろうか？　もしわかってやっているんだとしたら、なんてズルイ人だろう。

「……いいえ、聞かせて、くださいますか」

そういえば折角注文したのに、チョコレートを食べてない。紅茶だって手つかずだ。

それなのに、なんだかもう甘いものをいっぱい食べたみたいな気持ちです。

いやこの後多分ビターな気分とかになるのかもしれないけどね⁉

「ありがとう。……どこから、話そうかとか前にも考えたことがあったんだ」

アルダールは私の手を握ったまま、また曖昧に笑いました。

「色々考えたけど、やはり最初からきちんと説明するべきだろうと思う。少し、長くなるけど」

「構いません」

私の答えに、アルダールは少しだけ、視線を彷徨《さまよ》わせて……私を見ました。

それから、深々とため息を吐き出しました。

「ええとね、私は……まあ、バウム家の複雑な家庭事情っていうのは有名だから知っている通りなんだけどね。私の母親というのは、あー……うん、まあ。父の、初めての女性らしくてね」

「え？」

「ユリアも知っての通り、名門貴族というのは……うん、まあ。正式に妻を娶《めと》る前に、嫡男や跡取りである男に経験を積ませるため、あと腐れの無い女性をあてがうという風習が残っているところがあるだろう？」

アルダールは多分、それに対して否定的な意見を持っているんだろうと思う。

基本的に優しい人だものね、それに私が働く姿とかも褒めてくれることを考えると、男女平等の意識がある人なのかもしれない。

とりあえずそこには何も言わず、ただ頷《うなず》くだけに留めればアルダールは言葉を続けました。

「それで、私の母というのは『そういう』人だったらしいんだ。なんでも、家人の娘だとかそういう立場の女性だったと聞いているよ」

うわあ……いや、アルダールの出生とかそういうのに関わる話だって思ってはいましたけど。

思って、ましたけどね⁉

（思ってたよりもヘヴィな内容が来た……⁉）

まさかの話で……ああいや、そう、でもないか……。

私だって人伝いですが、そういう話を聞いたことありますしね。

名家の跡取り男性が、同じく名家の女性を妻に迎えた際にどうしていいかわからずオロオロするとか、辛い思いをさせて拒否されるとかの事態を避けるために、ある程度あと腐れない相手を用意して練習するって話は……うん、ちょっと嫌な話ですが聞いたことはあります。

大体そういう女性は、その後言い触らされても困るから監視できる身内から選出されるって話もありましたが、そこの信憑性《しんぴょうせい》まではわかりません。

私はあんまり良い風習とは思ってませんから、詳しく知ろうなんてしませんでしたしね。

あと、男の人のプライドがどうの、というのも先輩侍女から聞いてますし……いや、ほら私も前世のことがありますし耳年増っていうかなんていうかね？　うん、いやいや、ほら。あれです。どれだ。

名家となると人の噂も問題だから、商売の女性は頼れないって聞いてます。うちみたいな弱小だとどうなんだろう、……え、待って、うちの天使《メレク》はどうなんだろう⁉

（いやいや今はそこじゃないいな）

っていうか、その女性が誰かとかも、アルダールは知っているのかしら。

実母が誰かわかっている雰囲気ではないから、ことのあらましだけ聞かされたのかしら。

「……聞いたって誰からなんですか？」

「それは、まあ……」

曖昧に濁そうとしたアルダールでしたが、緩く顔を左右に振りました。その仕草でそこについてはあまり語りたくないのだと理解したので、ただ黙って続きを待ちました。

それにほっとした様子のアルダールは、また少しだけ黙ってから話を再開してくれました。

「私は望まれて生まれた子供じゃあなかった。『そういう』相手だったからね、偶然……としか言いようがなくて。けれど生まれたのは健康な男児だ、さすがに金を握らせて終わりというわけにはいかなかったようで。今後正妻を迎えても、男児が生まれるとは限らなかったから……」

だから、アルダールは城下にあるバウム別邸で乳母をつけられ育てられた、ということらしいのです。

そしてまったくもって彼に責任はないのに、期せずしてコブ付きになったバウム伯爵さまの嫁取りに傷がついただのなんだのと周囲があれこれ聞かせてくれたんだそうです。

それらを総合して『そういう』結果の子供だと、子供本人が知ってしまったわけですか！

（……なんてこと）

そりゃあ口ごもりたくもなりますよね。

アルダールもあんまり話したくない内容だったからか遠くを見ちゃってますしね！

ここは私が狼狽《うろた》えてはいけない。そう思いました。

「まあ、そういうこともあってね、私はいつか追い出されるんだろうと子供心に思っていたんだ。その頃はちょっとまあ、荒れていたというか、なんというか……それで、親父殿が義母上《ははうえ》を正妻に迎えてから二年くらいだったかな。ディーンを身籠った時、私のことを風の噂で耳にしたのだと」

「え、それまでアルダールのことをバウム夫人はご存知なかったのですか？」

「うん。周囲は徹底して私の存在を隠していたらしい。とはいえ、人の噂は止められるものではないからね。そして義母上がそれを耳にして、私を迎えることを親父殿に提案したと聞いているよ」

なんてことでしょうか。

びっくりして声が出ませんよ。

「……」

「それで迎えられた時に、親父殿にはっきりと言われたよ。『跡を継げるものだと思わないでほしい。……息子よ』ってね」

アルダールが苦笑しながら、ため息を吐き出しました。

「正直に言うとそれまで一、二回しか会ったこともない親父殿だ。そんな風に言われるとますます要《い》らない子供だったんだなあと思ってしまって、ついこちらも頑《かたく》なになってしまったんだ」

なんとまあ！

前回お会いしたバウム伯爵さまは、確かにアルダールの方をあまり見ていなかったけど……でも言葉の端々にはアルダールを家族の一員として見ていると思っていましたが。

どういうことだろう、奥さまに言われたから渋々引き取った、とか？

私の顔がちょっと険しくなったのを見てなのか、アルダールがちょっとだけ笑ってバウム伯爵さまのフォローを始めました。

「ああ、いや。それは私の考え過ぎだったんだけどね、親父殿も自分の手違いで生まれたのに面倒を押し付ける形になってしまった息子に、どう接して良いかわからなかったらしいんだ」

それにしたって……とは思いましたが、私もそれに文句を言える立場ではない部外者ですので、とりあえず黙って話を聞くことにしました。大人ですから!!

「武門一辺倒な親父殿だからね。私が親父殿のその考えを知ったのはつい最近なものだから、今更仲良し親子になるというのもなんだか違う気もするし、……ディーンには気を遣わせていて申し訳ないなとは思うんだけど」

「まあ……」

それはちょっとコメントに困る。なので濁しておきました。

っていうかバウム伯爵さま、不器用過ぎないですかね？　新婚の奥さまがよそで作った息子を迎え入れてくれたのに、跡取り問題とかで奥さまに気を遣ったつもりが超裏目ですからね、それ。

寛大さを見せたバウム夫人からしたら、いきなり子供に対して何を言っているんだくらいの発言だと思うのですが……。

「で、まあ、それが前提で。私はバウム家に必要のない子供だと思っていたからね、表向きは我儘も言わない、聞き分けの良い子でないと即座に追い出されると思っていたわけなんだ」

でもアルダールに言わせれば、それは当然表面上のこと。

実際には、いずれは追い出すつもりなのに今更親気どりか……と、まあ一桁《ひとけた》の年齢からグレた内面を抱えていたってことですね。

で、どうせ追い出されるんなら、折角騎士の家にいるのだし剣を修行しよう、武門の一家だけあって修行する場所には事欠かなかった、という。

そしてバウム伯爵さま経由でアルダールはお師匠さまに出会って、そのハングリー精神を買われて……ってことだったそうです。

（うん？　内なる獣ってハングリー精神のこと？）

私がよくわからなくて首を傾げると、アルダールも説明に困ったのか首を傾げました。

「うーん、いや、おそらくだけど。その、良い子を演じるのにストレスを感じていてね？　元々は結構口が悪かったり悪餓鬼だったんだよ。師匠はそういうのに頓着があるどころか、あちらの方がやんちゃだったから、私がそういう振る舞いをしても気にしていなかったし……多分そのことをバルムンク公子に話したんだと思う」

「そんなにやんちゃだったんですか？」

昔のことが恥ずかしいのか、少し早口にまくしたてるアルダールが珍しくて思わず口元がにやけそうになりました。

ええ、ちゃんと我慢いたしました。えらいぞ私！

それにしても子供時代のアルダールって口が悪かったんだ……!!

ちょっと想像すると可愛いなあとか、今ならかっこいいよなあ、なんて……。

「といっても、師匠に剣で勝とうと必死になってたくらいだよ。賭け闘技場に連れていかれたりとかもあったけどね……そこは後で親父殿が師匠に抗議したようだけど」

「……アルダールの子供時代、どんなだったのか見てみたい気がします。具体的には、どのくらいやんちゃだったんですか？」

「ディーンよりも、もうちょっとこう……活発というか、生傷が絶えないとかそんなものだったくらいで……後はまあ、さっきも言ったけれどちょっとばかり口が悪かったとか。家に戻ってからはちゃんと大人しくして、っていう差が激しい子供だったとは思う」

ちょっと言い訳のように慌てるアルダールの姿が、新鮮で。

深刻な話なのに、思わず笑ってしまいました！

私が笑ったことにちょっと拗《す》ねた顔を見せるアルダールでしたが、そんな姿も可愛いなあなんて思うのは恋のマジックですかね。

でも私が笑ったからでしょうか、少し安心したように彼はほっとした様子を見せました。

「あんまり……面白い話じゃなかったろう」

「いいえ、でもアルダールのことが知れて良かったと思います。獣っていうから私てっきり」

「うん？」

「女性関係かと思っ……いやなんでもありません」

「へぇ？」

おっと失言。

私の言葉にアルダールから低い声が聞こえた気がします。

いやいや、ちょっとしたブラックジョークですよ。そうですよね、一般的な思考ですとも！

「え、あれ、アルダール、あの、顔が怖いですよ？　笑顔ですが怖いですよ？」

「うん、ユリアが私のことをどう思っているのか、改めて話し合う必要があるかなと思って」

「いやいや、ただのブラックジョークじゃないですか！　ほらほらジョークですジョークです、いえ、あの……空気を読まなくてすみませんでした!!」

アイアンクローは勘弁です。私の頭が砕けます！

そう思って思わず頭を下げようとする私のあごにアルダールの手が添えられて、顔を上げさせられました。

まったくもう、って感じで笑うアルダールに、怒っていないのかなってちょっと期待しました。

「じゃあお詫びに、ちゃんと私のことをどう思っているのか言葉にしてくれるかな？」

「え」

「私の恋人だとバルムンク公子に宣言してくれるほどには、自惚《うぬぼ》れても良いのだと思っているけどね。ユリアはあんまりそういうことを普段、口にしてくれないからなあ」

「ええ……!?」

割と態度で示してるつもりですけどね？

いや、うん、あれそう言えばアルダールからはいくつも言葉をもらってるし、贈り物とかもされてるけど……私はどうだったかな？

いやでも、え、あれもしかしてこれすごくピンチ!?

（ええ……これどうしたらいいのかな）

適当にお茶を濁すってわけにはいかないですよねえ、距離が距離ですし。

この後も一緒にお祭りを見て歩くことを考えたら、気まずくなるのは避けたいですし、何より内容が内容です。こういうのは後回しにしたりしちゃだめだってなんとなくですが、私にだってわかります。

（そりゃまあ、アルダールの言い分はわからないでもないし……）

ブラックジョークは、ちょっと調子に乗り過ぎたなって自分でも思いますし。

アルダールが本気でそれに腹を立てたとは思っておりません。

だけどこんな個室とか、ささっと利用しちゃえるくらいには彼の方がオトナなわけですし、ちょっとくらい意趣返ししたいっていうか……まあ更にやり返されちゃったわけですが。

（だってこの部屋の作りってあれでしょ？　密談向けっていうか、でも製菓店だからきっとカップルとかも使うんでしょ？）

今まで私はこういう部屋を利用する機会がなかったから、正直、興味津々ですけどね。

でもそういう用途だろうなあってくらいは察しておりますよ、ほら私もオトナですし？

そう考えたら手馴れた様子のアルダールに対して、『この人、前にも利用したことあるんじゃないか』って考えるじゃありませんか、ねえ？

（……あれ、待って？）

カップル向けって、ただこうやって寄り添ってチョコレート食べておしゃべりに興ずる、だと思ってましたが……あれあれ、待って？

前世でも映画館のカップルシートとか、こういう個室でイチャコラしたよって会社の先輩が自慢してたことがありましたよね。そうですよね、大人ですもの!!

可愛い学生の、ちょっとした背伸びとは違うんですよね!?　ここ高級店ですし!?

そりゃまあ色んな意味で危ういことまではしないんでしょうが、ただのデートとかじゃなくて、

もうちょっとオトナのあれやこれやってこともあり得る⁉

そう考えると急激に恥ずかしくなってきました。

（え、え、まさかね？）

「……首まで真っ赤だけど。そんなに口にするのが恥ずかしい？」

私の考えてることとは別なんだけど、アルダールは私が照れていると勘違いしたみたいでした。くすくす笑う姿に、私は挙動不審になるばかり。

（いや、照れてもいるけどね？）

だって、ほら、自意識過剰だって笑われるかもしれないけど、アルダールが『そういう』目的で私をここに連れてきたとか、今後連れてくるとか、そういうことってあるのかなあと思ったらね⁉

……それよりも前に誰かと来てたのかなと思うと、引っかかるところがありまくりなんですけど、それを問うだけの勇気は、ないなあ……。

「それとも、嫌だった？」

何も言わずに、段々と変な方向に思考が向いた私がまた難しい顔をしていたらしく、アルダールが心配そうに覗き込んできました。

今更ですけれども。距離が！　近い‼

「え、え。いえ、あの……」

「ただ、好きだと言ってもらえたらそれでいい。私の気持ちは私のものだし、ユリアの気持ちはユリアのものだとわかっているつもりだよ。……同じくらいの、気持ちになってくれたらと思うけれどね」

「お、同じ……くらい、ですか？」

そこんとこはちょっと意味がわかりかねます！

同じくらいのってどういうことだろう。

好きってだけじゃ、だめなんでしょうか？

あ、どうしよう、好きは好きなんですよ、ほら、勢いで脳筋公子とかに反抗的態度をとっちゃうくらいに。

でもそうなんですよね、よくよく考えたら私、アルダールに告白されて好きだって自覚したわけですよ。

鈍いって言うな。

それもヒゲ殿下のご協力の下で、ようやく自覚して、その自覚から本人を前にしたらしっくりきたっていうか、間違いないなって自分でも納得できたっていうか。

だから鈍いって言うな。大事なことだから二回言いましたよ！

でも実際に付き合ってみて、嫉妬や不安がやっぱりないわけじゃない。

けれど、アルダールから不安になるようなことは何一つされてないんです。

むしろ私に自信がなくて、一人で不安になることがほとんどです。そんな私を急《せ》かすでも呆れるでもなく、アルダールは変わらずに私の手を取って待ってくれる。

今もそう。

だから、顔が見られないとか恥ずかしいとか、イケメン強いとか内心ではまあ言いたい放題の私ですけども！

なんだかんだ、うん、想定していたよりは嫉妬とかは感じずに、大事にされてるなあって思うわけですよ。

どんどん、こう……予想していた以上に、アルダールとの恋に溺れていってるなあって自覚しております。人に聞いていた話とか物語とかでは知っていましたが、ああ、たしかにこれは抗《あらが》いがたい……というか、なかなかにままならない感情です。

勿論プリメラさまが大事ですし、お仕事は楽しいです！

そこは変わりません。

（前は、恋をしたら何かが変わってしまうんじゃないかって思ったんだよね）

前世で、恋はどんなに甘くてキラキラしていて素敵なものだろうかって、乙女心に色々夢想したりもしました。

でも社会に出てからは、恋ってのが甘いだけじゃないっていう現実を目の当たりにしましたし、恋に破れてグズグズになってしまった人や、恋に浮かれて失敗した人の姿だって見かけました。

当時、ああはなりたくないものだと思ったものです。

自分が失恋もどきをした時、それを棚に上げて。

いや、失恋もどきをしたからこそ、そう思ったのかも。そういうのを見て、「ああならなかったんだから。良かったじゃないか自分」ってちょっとこっそり自分で自分を慰めてたっていうか？

勿論、普通に幸せなカップルを見て、ほっこりとかもしてましたよ⁉

ただですね、私自身は高潔な人間でもなければ、仕方ないよねって次から次にステップアップできるほど軽やかな人間でもなかったから。

そう考えると、今現在の自分は向上心もある方だと思います。天職に巡り合えて遣り甲斐を感じて楽しく働いていることもあって、きっと前世の自分よりもしっかりと前を向けているんだと思うんだけれど、どうだろう。

「ユリア？」

「アルダール、正直に答えてください」

「え？　う、うん」

そうですよ、今の私は『前世の私』ではありません!!

な、ならイケるでしょ、ここは攻め時です。そう、今行かなくていつ行くのか。

何言ってるかちょっと自分でもわかりませんが。

アルダールは私を大事にしてくれている。私もそれを知っている。

不安に思うのは自分自身。異性に愛されることに慣れていないという自信の無さが原因。

じゃあ、だから、嫌われたくない……で言葉を飲み込むのは、対等の恋人がすべきことだろうか？　そうじゃない。

私からも勿論好きだと告げますよ！　フェアじゃないですから。

いや違うな、そこは勝負とかじゃないんだから、フェアとかそういう問題じゃなかった。

ちゃんと、私も好きなんだよって。

そういうのを伝え合うのって、憧れだったっていうか、ちゃんと伝えるべきだよと小説読んで思ったりしてたんです。

ああー、現実世界の自分の身に降りかかると、こうも難しいものだったんですね！

今ならあの物語の乙女たちの気持ちがわかります！

彼女たちほどキラキラしてないモブですが、それでも勇気を出す価値はあるはずです。

「あ、アルダール、は……ええと、うん……。あの、こういう個室、とか。慣れて、らっしゃいます……？」

「えっ」

「あっ、違った！　いえ違わない⁉　いやだって、ほら、ここに来た時も店員に対する態度とか部屋の中でもその落ち着きっぷりが慣れてるのかなって、いやそうじゃないんですけど疑ってるとかじゃないですよ⁉」

あれ、なんで私がしどろもどろになった挙句の早口になったんですかね。

そもそも言いたいことが違う！　そこじゃない！　気にはしてるけど‼

アルダールはただ驚いただけできょとんとした顔から察するに後ろ暗い所が何もないって感じです。いや、待て、騙されるな。もしかしたら悪びれてない可能性も。

いやいや悪い方向に考えるのが私の悪い癖だって前も反省したじゃん！　活かせよ私‼

内心狼狽えて冷や汗が出てきそうな私に、アルダールは目を丸くしたまま答えてくれました。

「いや、慣れているわけじゃないよ。まあ……師匠に連れられて女性用のお土産とかを買うのに付き合わされたり、義母上の買い物に付き合わされたりでこの店とは顔見知りなだけで」

「あっ」

「それはつまり、私が誰でも誘っているかも、なんて思ったってことかな？」

「ち、違いますよ！　さすがにそこまで思ってません‼　ただ、ほら、あの……前の恋人の方とか、と、いらしたのかなぁって……」

ああー待つんだ私！　それって重たい女じゃないですか、元カノの影を気にするとかしちゃだめだ！

これだから恋愛初心者は!!　って反省しておりますが飛び出した言葉は飲み込めません。なんてことでしょうか。

なんてことでしょうか……!!

「……そりゃ、まあ。私もそれなりの年齢だし、ユリアが初めての恋人だ、とまでは言わない。でもここに恋人と一緒に来たのはユリアが初めてだよ」

「……あっ、り、がとう、ございます……？」

「なんで疑問形になるかなあ」

「だ、だって」

それってどう反応していいかわかんないからですよ!!

でも呆れもせずにちゃんと答えてくれたアルダールに、私だってやっぱり応えないといけません。

「……わ、私がいくら、こんなでも、ですね。嫉妬くらい、するんですよ……!!」

少しずつ、少しずつ。

私の、正直な気持ちを伝えていこう。

ぐっと本音を言ったら嫌われないかなっていう弱気な自分を押しやって、私はアルダールを正面から見据えました。目と目を見てお話ができないの、なんて言っている場合じゃありません。

とはいえ、すぐに俯いてしまった私がいるわけですが。

チキンって言うなかれ、もう少し慣れが要るようです……。

（そりゃまあ、できたら物語みたいに綺麗《きれい》な関係がいいんだろうけど）

嫉妬とか、不安とか、そんなのでぐじぐじなんてしないのがいいんだろうけど、そういうのは私には無理だってわかってるんだもの。

私は、普通の人間で。カッコ良い勇者とか、英雄とか、誰もが憧れる聖女とかそういう立ち位置にあるような、高潔な精神を持ち合わせた人間ではなくて、本当に、そこら辺にいるような人間なのです。

嫉妬したり、不安になったり、小さなことで喜んだりはしゃいだり、小石で躓《つまず》いて恥ずかしくて周りを見回しちゃったりとか、そういうレベルの人間です。

だったら、私は私らしく向き合うのが一番なのです。

「でもやっぱり、ちょっとカッコ悪いじゃないですか……」

嫉妬してしまう、そう言った私ですがそれでもどこか悔しくて、言い訳めいた言葉が続いて出てしまいました。

こういうところがねえ、カッコ悪いんだって自覚はしているんですが……いや、こういうことを言うからこそ、私は普通の人間なんだなあと改めて思いますが。

理想はもっとこうね？　自分の感情を上手にコントロールして、嫉妬している姿とかもちゃんと受け止めてスマートにこうね、できたらいいなとは常々思っているわけですが。

「……妬いてくれるんだ？」

「そりゃまあ」

当然でしょう、という言葉は飲み込んだ。

だって、アルダールが思いの外《ほか》……柔らかい、甘ったるい笑みで私の方を見ていたから。

（あ、これちょっと良い雰囲気じゃない……？）

改めて思うと、今の状況超甘ったるいんじゃないかなあって……気づきましたよ私!!

どうする私！　いや、言っちゃえ私。今こそチャンスじゃないかな!?

「あのっ、……あの」

「うん」

「私、ですね、あの」

「うん」

「……アルダール、から、確かにお心をいただいて。そこから、ようやく意識とかしだして、まあ、お待たせしたし、こんな風、ですし」

「うん」

くっ……顔が赤くなってるってわかってるけど、なんだかより熱くなってきてる気がします……！

いや、私らしくない言葉をですね、こう連ねているんだと思うと余計に恥ずかしいわけですが、ほら、ここで言わないといけないんじゃないかなっていう、この機会を逃してはダメな気がするって私の直感が告げている気がする？

ならもっとレディらしく優雅にと思わなくもないんですが、私ったらこういうこと本当に疎《うと》くてですね⁉

（でも、ここで……ここでちゃんと言わないと。私、アルダールと向き合うって、流されてじゃないって伝えないと。自分に自信を持つんですよ！　さあ‼）

ぐっとなにか胃からせりあがってきそうな感じがするのを飲み込んで、私は深呼吸をして改めて真っ直ぐにアルダールを見ました。

ええ、今度は俯くこともなく、真っ直ぐですよ？

イケメンと目を見てお話しできない……ってところから一歩進んでみせますよ！

ものすっごく緊張して今なんか吐けそうですけど。いや乙女としての立場が全部なくなるから絶対それはやってはならないけども‼

青い目がこっちを見てると思うともうね、即座に目を反らしたい！　超照れくさい‼

なんだこれ青春ですか、いやリア充ですね。自分のことだとこんなにも恥ずかしいものなんですかね。

恥ずかしくて死ねるのか、動悸が激しすぎて心臓発作で死ぬのか、どっちだ私……と脳裏を掠《かす》めますがそもそも死なない。オーケー、私生きてる。

プリメラさまのお輿《こし》入れとかそういったことにも携わりたいですし、もっとレディに育ったプリメラさまとディーンさまの恋模様だって見ていたい。

そこに私もアルダールと恋を育てていけたならすごく、すごくそれは素敵なことなんじゃないかと思っているのです。

そしてそれは、相手に伝えないと始まらないことなんだとようやく理解したのです！

いえ、多分知ってはいたんです。それを理解して行動するに至るまでが遅かったっていうかね？

ほら、未経験者はどうしたって初動が遅いんですよ。気づくのが遅いっていうか……えっ、私だけですか？　そんなことないですよね⁉

とにかく、じゃあさっさと行動しろよとは思ってましたよ。

ええ、自分に対して思っていましたとも。

でも臆病者がいきなり歴戦の勇者にジョブチェンジできないのと同じで、私という恋愛初心者が、自覚できたからって恋愛熟練者になれるわけじゃないんですよね。

「……人並みに、嫉妬もいたします、し。多分、あの、面倒くさい女だなと自分でも思うんです。いえ、自分で思っていた以上になんですけど」

「うん？　……そんなことはないと思うけど」

「私が思ってるんです！」

そんな小首を傾げてもダメです！　可愛いけど‼

どうしよう、私の恋人が可愛い。

（ほんとこの人ズルくない？　カッコよくてイケメンで可愛くてどうすんのこれ、なんでこの人ほんと私のこと選んでんの、なんなのちょっと美形見過ぎて感覚マヒしてるんじゃない？）

そのくらいの勢いです。

いえ、どんだけだよって思うかもしれませんが、自分を平静に保つためですよ。

アルダールが、見かけで判断するような軽薄な人じゃないって、私が知ってますからね！

ほら、脳筋公子にも啖呵切ったくらいには、彼のことをわかってるつもりです。

「それで、ですね、えっと……」

そうですよ、問題はそこじゃなくてですね。

私が肝心なことを言えないせいでもう……なんだろう、甘ったるい空気の密度が増した気がするわけですけど。

いや逆にこの空気こそが私の味方!!　そう思わないとやっていられません。

だって、ばっくんばっくんと心臓はうるさいし、目の前のアルダールはじっと私の方を見ていますし、緊張から喉はカラカラなんです。

「私、私も、アルダール、の、ことを」

「……うん」

「お……お慕い、して、ます……!!」

どうだ言ってやったぞ!

単純明快に『好きです』とかだと、さすがに初々しい少女だって感じだったんで、ちゃんとここは大人の女性らしく決めてみました。緊張して噛み噛みだったのはご愛敬、それでも言えたんだからこれはものすごい進歩です。

ほらどうだ、できたよ。できました!　やればできる子なんですよ私!!

っていうか改めて口にして思いましたが、本当に私ったらちゃんと自分の気持ちを言葉にしていなかったんですね。

まともに言ったことってあったっけ?　くらいの勢いです。

多分、告白の答えを返した時くらいじゃないでしょうか。

（いやあ、本当に申し訳なくなってきた……）

恥ずかしいので、結局言い切った後は俯いちゃいましたけどね！

頑張ったからそこは許してほしい。

「……参った」

「え？」

「いや、思ってた以上に」

「……アルダール？」

「うん、……思っていた以上に、嬉しくて」

零《こぼ》すようなその言葉に、嬉しさが確かに滲んでいて。

そしてその表情を隠すように手を添えてますけど、目が……確かに、嬉しそうに細められていて。

すでに顔は赤いと自覚しているんですが、つられて更に赤くなるっていうか、えっナニコレ。

なんでしょう、こう……胸がぎゅうってなった！

いや痛くはないんですがこれはあれですか、もうキュンを通り越してますけど大丈夫なんですか
私。

「ユリア」

「は、はい」

「ありがとう」

そっと抱き込んでそんな風に言われると、おう、なんていうか……なんだこれ爆発しそう。心臓

がバクバクしていて、うるさいくらい。

でもアルダールが本当に喜んでくれているってわかるから、それだけで何故《なぜ》だか私も満たされるっていうか……私も、嬉しい。言葉一つでこんなに喜んでくれるなんて、なんで今まで私言わなかったのかなって反省です。

照れるんですけど！　照れるんですけどね、なんだか、こうして抱きしめてもらうっていうのも初めてのことじゃないんですけど。

ちょっとだけ、もう少しだけ、勇気を出して。

私も、恐る恐る手を、伸ばしてみました。

うん、背中に、ちょっとだけ手を回して。

ぎゅって、私からも抱きつくみたいにして。

オーケーオーケー、これなら顔も見えないし大丈夫。

かなり恥ずかしいことをしているって自覚はありますけど。

「……今日は、なんだかご褒美をもらってばかりだなあ、なにか褒められるようなことをしたんだっけ？」

くすくす笑うアルダールがそんな冗談を口にしましたが、私にはその冗談に冗談を返す余裕はありませんでした。

「と、特にはないですけど！　私、は……その、いつもアルダールから行動をしてもらってばかりですから、たまには、態度で示せるようになりたいなって……」

そう、いつもいつも。

アルダールが言葉をくれて、行動をしてくれて、私は全部それを受け身でいるばかり。

それはやっぱりちょっと、違う気がする。

私の望む、恋人関係の姿じゃない……と思う。

いやどんなの？　って聞かれると具体的には答えなんてないんだけどね！

「……こうして抱きつかれるのは悪くないけど、ユリアの顔が見えないな」

「み、見なくていいんです！」

「そう？　きっと今真っ赤で可愛いと思うんだけどね」

「……アルダールは時々、意地悪ですよね」

「いいじゃないか、好きな人の色んな表情が見たいんだ」

ああーもうこの人ホントずるくない⁉

ずるいよね、なんだよこの慣れっぷり。本当に堅物とか呼ばれてたの？

それとも世間一般の恋人ってのは、友人から恋人に昇格するとみんなこんな風に手慣れたようになるの？

（じゃあなんで私はこうなれないのかなぁ⁉）

そっと手を離して僅かに距離を作れば、アルダールがふっと笑ったのが気配でわかりました。

やっぱり今はアルダールの方を向けません。

だって絶対真っ赤だもの。言われなくたってわかってますよ、自分のことですから。それが恥ずかしくて、赤いってバレててもアルダールには見せられないこの乙女心。

言い慣れないことや、やり慣れないことをしましたからね！

ほら頑張ったでしょう私。誰か褒めてくれてもいいんですよ。

「……やっぱり真っ赤で可愛い」

「……慣れないことをしましたから、恥ずかしいんです」

「ありがとう」

「それはさっきも聞きました」

「何回も言いたいくらい幸せだなと思って」

「……そんなの」

「あれ？　また言ってくれるの？」

「……い、言ってあげてもいいですよ！　でも今はだめです！」

あああ、安請け合い！

しかもなんだろう、スカーレットよりも下手《へた》なツンデレっぽくなった。

もう、アルダールを前にすると、どうしてこう私は自分のいつもの調子が出ないんでしょうか。

これが恋の醍醐味《だいごみ》というならば、やっぱり恋は厄介です。

でも……それと、やっぱり幸せです。


ミッチェランの個室でなんとなくこう……幸せに浸ったわけですが、いつまでもそこで過ごすわけにもいきません。予定よりもずっと遅れてしまいましたが、アルダールと一緒にまた外へと出ることにしました。

もっとイチャイチャするのかと思ったなんて微塵《みじん》も！　微塵も思っておりませんよ‼

いいえ、アルダールが部屋を出ようと言い出した時には、ちょっとだけ残念さを覚えましたが、今度また来ることにして新年祭を楽しもうって言われれば、そりゃそうかって思ったわけですよ。

え、私が単純だって？　今更ですね‼

（まあ、正直あの甘い空気にこれ以上耐えられないっていうか、恥ずか死ぬっていうか、幸せは幸せですけどね？　でもほら幸せ過ぎても人って溺れ死んだりしないかしらって、心配になるレベルだったたっていうかね？）

だから正直、店員さんに生温かい視線で見送られた時には「助かった！」と思わずにはいられなかったたっていうか……気のせいじゃない。アレは気のせいなんかじゃなかった。

生あったかーい視線だったんですよ、ハイハイお前ら新年早々イチャついてて羨《うらや》ましいぞーっていう空気を感じましたね、ええ、前世の経験から私が間違えるはずがない空気ですよ！

あ、なんだか自分で言っていて悲しいです。今、リア充なはずなんですけど。

「ユリア、ちょっと寄りたい店があるんだけどいいかな？」

「え？　そうだったんですか、早くおっしゃってくだされば」

「この近くなんだ。手間は取らせない」

「大丈夫です、行きましょう？」

私の買い物にばかり付き合ってもらってましたからね！

アルダールが欲しいものも買わなくては‼

私がそう意気込めば、アルダールが笑って腕を出してくれるので、それに寄り添って……ってなんだろう、この一連の動作は照れなくなってきました。

人間って慣れる生き物なんですね……。

(アルダールが寄りたい場所ってどこだろう?)

そう思っているとミッチェラン製菓店の、ちょっとだけ先に進んだ宝飾店が多く並ぶ界隈にたどり着きました。

「ここだよ」

「……ご家族への贈り物ですか?」

「ああ、うん。それはもう買って実家に贈ってある。年末に顔を出したからね、もう私の休暇は今日で終わりなんだ」

「まあ、ディーンさまが残念がられたことでしょう」

「ちょっとだけね」

くすくす笑うアルダールの表情が柔らかくて、ディーンさまとの兄弟仲の良さがわかりますよね。きっとお兄さん大好きなディーンさまが、ちょっぴり不満そうな顔をして送り出してくれたに違いありません。

そしてそれを思い出して優しく、兄の顔をして笑ってるアルダールの柔らかい雰囲気が。

「……やっぱり、好きだなあ」

「え?」

「え?」

アルダールが店の入口で私の方を振り向いて、振り向いて……？

あれ、……今、私……何を口走ったんでしょうか？

あれ。

あれえええ!?

「アルダール！　お店の前で立ち止まってはご迷惑だと思いますから、さあ中に入りましょう、今すぐ入りましょう！」

「え、今」

「ほら早く!!」

「……後で覚えてて」

「もう忘れました！」

なんという失態……なんという……あああああ穴があったら入りたい！

今の私の顔はミッチェラン製菓店で気持ちを口にした時と同じか、それ以上に赤い気がいたします……!!

誤魔化しきれてはいないけど、とりあえずやり過ごすために店内に急かしたけど、この顔でどうしてろっていうんだろう。

どうする自分、どうするユリア!!

いや待て、こういう時前世ではよく冷静になるために、因数分解だか円周率を数えると良いとか言いましたよね。人という字を手のひらに書いて飲むとかもありました!!

いや店内でそんなことをやったら挙動不審の怪しい人が完成ですね。

（ほらでも脳内で円周率ならできるはず……なんだっけ、三・一四一五九二……その後なんだっけ⁉）

……そもそんなに長く覚えていないから、あっという間に終了でした。

なんていうことでしょう……そもそも数学とか得意な人間ではありませんでした……。

はあ、でもこんなバカなことを考えていたからか、少し落ち着きました。

そうですよ、店内なんだからアルダールだって、もうさっきの発言を突っ込んでは来ないでしょう。入る時に「後で覚えてろ」的な不穏な発言が聞こえた気がしますが、私は忘れました。ええ、忘れましたとも。

「……この店に、来たことは？」

「ないです。宝飾店そのものに、あまり足を運ばないもので」

「そう。ここはね、義母上がお気に入りの職人がいるんだ」

なるほど、このお店もバウム伯爵家御用達ってことですね！

しかしアルダールは何の用でここに寄ったんでしょう……さっき家族用は贈ったと言っていましたし。

それにしても店内は落ち着いた様子で、客の姿はちらほらといった程度ですが、いずれも上流階級の方です。王城でお見掛けしたことのある方じゃないですかね。

ショーウィンドウに出ている品は少なく、まるでカフェのごとくテーブルと椅子が用意されていて……あれですか、ここは基本的にお客さまからの依頼を受けてから作製するとか、そういうオーダーメイドが主流のお店なんでしょうか……。

私からするとショーウィンドウに飾られている品だけでも十分素敵……って値札ついてませんね。いえ、よくよく考えたら値札ついてるような庶民的なお店には、上流階級の方はお越しじゃないですよね。

はっ、つまり世界が違うってこういうこと……‼

「ユリア」

「えっ、ああ、すみません。ぼうっとしちゃって」

「何か気に入ったものがあったのかい？」

「いえ、こういう店に足を運ぶ機会が少ないので興味深かっただけで……ごめんなさい、それで用事は済みましたか？」

「ああ、うん。今済ませるよ」

「え？」

アルダールにエスコートされるままに座った椅子。

私の前に恭《うやうや》しくビロードを敷いた箱を持ってきた店員が、一礼する。

その深い青のビロードに鎮座するのは、ペンダントでした。

小さな、それこそ店内に飾られているものよりも小さな石をあしらった、ペンダント。

それでも、確かな存在感がそれにはありました。

「ブルーガーネットを使用したペンダントにございます」

「ブルーガーネット……」

「うん、注文通りだ」

「恐れ入ります」

アルダールが満足そうに頷いたことに対し、店員も薄く笑みを浮かべて一礼する。

ブルーガーネットって、確かとても貴重な石じゃなかったかしら。前世でも聞いたことがあるって程度で、こちらの世界でも貴重とか聞いた気がする。

そういえば、以前宝石商がやってきて『王女殿下の御身を飾るのに相応しい逸品と思いますがいかがでしょうか』って、持ってきていたことがあったと記憶しています。サイズはあちらの方が大きかったけれど、こんなにも輝いてはいなかった気がする。

それに、この青色は、どこかで見たような色？

「このままつけていく」

「かしこまりました」

「えっ、あの！」

「ユリア、悪いけれど髪を上げてくれるかな？　……つけさせてほしい」

「アルダール？」

「……新年祭の、私からの贈り物。受け取ってほしいんだ。このくらいのデザインなら、普段の仕事着の下にでもつけることができるかなって」

うわああサプライズ⁉

色んな意味でのサプライズ⁉

驚きつつもペンダントを見て、私はこの色がなんなのか気が付きました。

ああ、そうか、この色。

「アルダールの、目の色……」

「……うん、まあ、ね」

ほら、と促されて私も覚悟を決めました。

アルダールに背を向けるようにして、髪を片側にかきあげます。

私の、気のせいじゃないなら。自惚れても良いのなら。

彼の目の色をした石をプレゼントしてくれるということは、普段から使えそうなデザインを選んでくれたということは。

彼なりに……独占欲を形にしてくれた、ってことですよね？

侍女という立場上、指先や目に見える場所で装飾品を身に着けることのない私のために、色々考えてくれたってことですよね？

バウム夫人行きつけの服飾店に装飾店。

バウム伯爵家御用達とはいえ、これまで「バウム家にとっての自分」に悩んでいたアルダールからすれば複雑なものがあるでしょうに……私のために、色々と奔走《ほんそう》してくれたってことですよね。

「……似合ってるよ」

「ありがとう、ございます」

「ごめん。急に」

「いいえ、嬉しい」

「本当に？」

「ええ、本当に」

高価なものだからじゃないよ、とはさすがに店内では言いませんけどね。

ほら、誰が聞いていて『なんだあのバカップル』って思われたらいけません。恥ずか死ねる。

（だけど、なんだろう……）

いや、嬉しいんだよ。

本当の本当に、嬉しいんだよ？

でもさあ、ほら……私、贈り物を先に渡しておけば良かったなあって。

今、このタイミングで思っちゃいましたよね……！

こんな高級ペンダントの後にペーパーナイフって、ちょっとハードル上がっちゃったよ！

いや、アルダールがモノの値段で価値を量る人じゃないってわかってますけど、こっちの心情的な問題ですよ……!!


でも、ついついペンダントに指を添わせて、にやけるのが止まりません！

どうしましょう!!

幕間　これは、ずるい

正直、これはずるいと思った。


想いを受け入れてくれたとはいえ、私と彼女の感情には差があると思っている。

まあそれは、個人個人で違うものなのだからしょうがないけれど、ユリアは……特に、王女殿下を大切に思う気持ちが彼女の中でなによりも第一なのだというのが、とてつもなく難題だ。

異性の中では私が一番だということは理解しているけれど。

(でも、……彼女の方から、もっと私の傍に居たいと願ってもらえたら……と思うのは、やっぱり我儘でしかないいんだろうなあ)

私のことを慕っていると、彼女ははっきり言ってくれた。

しかし、この言葉も結局ねだって言わせたようなもの。彼女が自ら望んで言ってくれたわけじゃあない。

思いを告げた時に、彼女を笑わせて、着飾らせてみたいと思った。

誰よりも、彼女を甘やかしてみたいと……そう、思ったけれど……実際にはこれじゃあ私が彼女に甘えているようなものじゃないか。

でもどうにも我慢できなかったというか……。

(私はいつからこんなに堪《こら》え性のない男になったんだろう?)

欲しがってはいけない、強くあって一人でもやっていけるように。

そう思ってきたつもりだったのに、ユリアと出会ってからはどうも上手くいかない。自分は淡白な人間だと思っていたのに。

（……いや、逆か）

元々、私はきっと強欲な人間だった。そういうことだったんだろう。

それは、親父殿の言葉をきっかけに、さっさと家を出ようと決めた時からに違いない。

強さを求めて師匠に認められ、剣で己の生きる道を切り拓《ひら》こうと決めた辺り、もう家族を顧《かえり》みていなかったのは私自身だ。諦めた『ふり』をしたんだろう。

その反動なのだろうか？

ユリアが、傍にいてくれたらいい。

そこから始まったはずなのに、いつの間にか笑ってくれたら、振り向いてくれたら、特別な表情を見せてくれたら、……誰よりも、一番に想ってくれたら。

そんな風に際限なく要求が増えていく。

当然まあ、そんなことは実際に口になんてしないけど。

（いや、好きだと言ってほしいと告げている段階でだめ、かな……）

女性関係も、そんなに初心《うぶ》ではないと思っていたんだけどなあ。自分で思っていたよりも、違うらしい。

それ相応にモテる方だとは思っているし、実際、声を掛けられることもそれなりにあった。

恋だって初めてじゃない。ただ、積極的にどうこうなろうとは思ったことがなかっただけの話だ。

なんでこうも上手くいかないのか、今までの恋が偽物だとか本物だとか、そういう問題じゃない気がする。

要するに、私もまだまだ青二才だっていうことなんだろう。

そこに、彼女からの爆弾発言だ。

「……やっぱり、好きだなあ」

急にそんなことを言うから。

ぽつりと零すように、彼女が、ユリアが彼女自身も思わずといった感じで言うから‼

その言葉に、彼女自身も驚いて即座に顔を真っ赤にさせたけど。これはズルいだろう⁉

(それは、――勿論、私のことだよね？)

思わず息を飲んでしまった。じわじわと、心も体も喜びが満たしていくこの感情を、なんと表現したら良いのだろう。


(ずっとそう思っていてくれた？　思わず口に出すくらい好きだと、感じてくれていた？)


私だけが、一方的に想っているのかと時々不安に思っていた、それは彼女もだったんだろうか？

彼女に嫌われないように、必死で理解のある良い男であろうとはしているけど、そうじゃなくても許してくれるんじゃないかとさっきも思ったくらいだ。

もう少し、自分自身を出して……情けないところや、彼女に対しての執着を、隠さずとも良いのだろうか。

いや、嫌われてはいないし好意があるのは当たり前だろう、彼女は私と恋人になっても良いと受け入れてくれたのだから。

ただ、……ほかの男が近寄るよりも前に、彼女が攫《さら》われないようにと私が必死に食らいついたから、私以外選択肢がなかったんじゃないのかとは、ちょっと思っている。

今までほかの男が、ユリアの魅力を理解して口説いてなくて良かった、そう本気で思っているんだ。

着飾らないから目立たなかった、それだけの話だった。

侍女として誰よりも誇りをもってその職務に臨んでいたからこそ、地味だったり無愛想に見える振る舞いをしていただけで、彼女と言葉を交わしてその本当の姿を知ったら、きっと声を掛ける男が現れたに違いない。

ユリアは、とても魅力的だと私は思う。誰かを優しく見守ったり、導いたり、案じたり、当たり前のようで当たり前じゃないことを当然のようにやっている女性だ。

働き者過ぎてこちらとしては、時々心配になるけど。

それと、異性に対してちょっと免疫がないせいか隙が多すぎて、私は心配でしょうがないんだけどね。信頼が時々辛いだなんて、そんなことは経験がなくて面食らってばっかりだ。

(王弟殿下とは、少し距離が近すぎる気がする。……兄みたいな存在だと彼女は思っているようだが、どうだか)

そんなしっかり者が見せる女性としての顔に、どうして今までほかの連中が気づかなかったのか不思議でならなかったけど、それは王女宮という奥まったところで働いていたからなんだろうなあ。

私は運よくディーンの恋心のおかげで、彼女と出会えてそれに気が付いたから、こうして早々に行動を起こせていただけで、ユリアが内宮所属……とかだったら話が大分変わっていたに違いない。

（まあ王女殿下の存在が大きいから、それはないか）

万が一、そんなことになっていたら……と思うと考えるだけで苛立つが、今、彼女の隣にいるのは私だ。

そしてそんな私に対して、まだ固いけれどユリアが笑顔を見せてくれることが増えた、それだけで癒《いや》される。

だけど、本音を言うと、この新年祭でもう少しだけ前に進みたい。

ユリアは照れ屋だし、こういったことは不慣れだと本人も言っていたから、焦ってはいけないと思って、ゆっくり彼女の調子に合わせることが大事だと重々承知はしている。

彼女の周辺から牽制されてもいるから、強硬策に出れば今後邪魔されて、デートも碌《ろく》にさせてもらえなくなってしまうのはごめんだ。

だから……ちょっと、気持ち的に重たいかな、と思ったけれどペンダントを贈らせてもらった。

（この意味を、彼女はどう受け止めるんだろう）

私の目とよく似た色をした、少しばかり値が張る贈り物。

資産的に考えて、私個人としてもバウム伯爵家の子息として考えても大したことはないけれど、彼女はこういうことをとても気にするから。

ただの贈り物だと言っても遠慮してしまうかもしれない。

でも、受け取ってもらいたい。

「アルダールの、目の色……」


そう、呟いた彼女に、嫌悪の色はない。

それどころか、どこか嬉しそうに見えるのは、私がそう願っていたからだろうか？

私の真意に気づかずにいてくれても構わない。そう考えていたから思わず息を呑んでいたけれど、幸い彼女に気が付かれることはなかった。

それと同時に、私の意図を知って……その上でユリアがそれを受け入れてくれたのだという事実に、ジワリとした喜びが、胸の内から沸き上がる。

義母上に相談した時はかなり苦渋の末だったけれど、この店を選んで正解だった。この年齢になって女性への贈り物の相談というのは、なかなかに恥ずかしかった。

仕事着の下でも良いから、私が贈ったものを常に身に着けていてほしい。私の存在を忘れないでほしい。誰よりも一緒にいたいと思っている、この気持ちを受け取ってほしくて。

随分重たくて気持ち悪い感情だなあと自分でも思うが、それを表に出さないだけ許してもらいたいものだと思う。

本音を言えばもっとぐいぐい押して、彼女が恥ずかしいというのを無視して、ことを進めてしまいたい気持ちだって、私の中にはあるんだ。

でも彼女は、きっと……そんな私の傍若無人《ぼうじゃくぶじん》な振る舞いすら、きっと許してしまうから。私も、できる限り彼女を幸せにしたい。

私だけが幸せでは意味がない。だからそんな真似はしない。

一緒に、幸せに、そう同じ方向に進めたなら。

(喜んで、くれた?)

そっと彼女の表情を盗み見る。

触れた首筋の細さに、改めて女性らしい女性なんだと認識する。私が守って、そして時々気持ちを守られて、この心地良い関係を大切にしていきたい。そんな相手。

ユリアが、はにかむように笑って、私を見上げる。

ああ、大丈夫だ。彼女は喜んでくれている。

この笑顔に、偽りなんてあるものか。

「……似合ってるよ」

「ありがとう、ございます」

彼女のこんな安心しきった表情を、知っている人はどのくらいいるのだろう。

それが、もし私だけに向ける表情なら、嬉しいんだけど。

……まだ、それはちょっとだけ自惚れ、かな。

(今日は、随分……私もまだまだだな)

我慢が利かないというか、未熟者なんだなあと前々から理解はしていたけれど、どうにもこうにももやっぱり彼女を前にすると我儘が顔を出してしまうから、もう少し気を付けないと。

(……バルムンク公子にあんなことを言われたせいかな)

身の内の獣。

ユリアには、抑えがたい破壊衝動のようなものがあった過去を話したけれど。

彼女は女性関係かと思ったと笑ったけど心外だ、そういうのは……まあ私も男だから、嫌いとは言わないけれど。親父殿と私の関係から考えたらちょっと、ね。

恋愛ごとに対して、斜に構えていたという自覚はある。

私は……誰かを好きになって良いのか、いつだって不安だった。

(それなのに、今の私はどうだろう?)

ユリアが好きだと隠せなくて、気持ちを受け入れてほしくて、こんなにも滑稽《こっけい》なほど必死だ。

彼女なら、私を、実の親に受け入れられなかったことを、それに対して根に持つような私を受け入れてくれるんじゃないのか。そんな風に思ってしまって。

でもその反面、そんな私が彼女の横にいていいのか、と思うから。

だから。

(逃がしてあげたい。だけど、逃がしたくないから、喰らってしまいたい)

傷つけたいわけじゃない。

大切にしたい。ものすごく、大切にして、愛して、守って、そうしていきたい。

でも私の中にいる『獣』は、とてつもなく愛に飢えている厄介な存在で、そんな獣の私に彼女が怯《おび》えでもしたら?

私から、逃げようとしたら?

……そんなことを想像したくもないのに、してしまうことが時々ある。

勿論、過去の話をした段階で彼女は真っ向から私のことを見て、慕っていると言ってくれたんだから杞憂《きゆう》に過ぎない。しかもさっきも好きだと言ってくれた。

でも、私は弱い男なんだな。こうして、贈り物で彼女が自分の恋人だと知らしめたいだなんて。

（こんな男ですまない、でも）

そのくらい、ユリアのことを心底、好いているってことで許してほしい。

私が笑みを向けると、彼女も照れ臭そうに、笑ってくれた。

……うん、幸せ、だなあ。

幕間　歪みながらも天を目指す

「坊ちゃま……」

「黙っていろ」

「し、しかし」

「……どうせ父上も母上も、何もおっしゃるまいよ。オレに関心はない、……今は栄誉あるバルムンク公爵家存続のことだけが頭を占めていることだろうさ」

賑わう街中を、民衆が笑顔で行き交う中を、流れに逆らうようにして歩く。

ああ、何という惨めな気持ちであろうか。

周囲が晴れやかであればあるほど、こちらの惨めな気持ちが浮き彫りにされるようだった。

『どのような意図があれ、どうか私の恋人を、あまり侮辱なさらないでください！』

あの女の声が頭を過る。オレの視線にまるで怯《ひる》まず、真っ向から見据えてきた生意気な女。

そうだ、確かに自分はあの男を、アルダール・サウル・フォン・バウムを侮辱した。やつが怒りを覚えてくれれば、オレを見てくれると思ったからだ。

自称弟弟子の、他国の公爵家の跡取り息子ではなく。

師がただ一人、自分から教えたいと思ったと語る相手。

金に物を言わせて教える子供とは別格なのだと、師が弟子を語るその表情にひりつくほどの嫉妬を覚えたことを、オレは一度たりとて忘れたことはない。幼い頃からオレは完璧な人間だった。

シャグラン王国の公爵家嫡男、その貴族としての責任を負うに余りあるだけの肉体と頭脳を持って生まれ、その才を伸ばすことは義務であるという母の言葉を受けて育った。

父はシャグラン王の実弟にして大臣であり、母は由緒ある公爵家の一人娘。

そんな二人の間に生まれたオレだ。誰もがオレに期待する。当然のことだ。オレには溢れるような才能があり、それを放っておくのは国の損失であり、神への冒涜にも近いと周囲の大人たちは口を揃《そろ》えて言ったし、なによりオレ自身もそう思って憚《はばか》らなかった。

（オレは、誰よりも完璧な人間だったのだ）

そう、だった。過去形だ。

隣国クーラウムの伯爵家で、『剣聖』と呼ばれる男が喜んで弟子にした少年がいると噂を聞いた父が、対抗心を燃やすかのように大金を払ってオレを次期剣聖にするべく師を迎えたのはそう昔のことではない。

実際オレは当時、同年代であれば向かうところ敵なしでもあったので、将来は剣聖の座に就いてバルムンク公爵家に花を添えよという父の言葉も当然だと受け止めていた。

だが、それはオレの驕《おご》りなのだと知った。

周囲がオレを褒めそやすのは、諫言《かんげん》せず好き勝手にさせたのは、公爵家の嫡男だったからだ。

オレ自身を見て、その成長や行く末を思って行動する人間などいなかったのだ！

無論、間違えた行動をしているとは思わんし、オレが今までしてきた行動に誤りがあったとは思わない。オレは常に正しい行動をしてきたのだ。

（オレはいつだって才におぼれず努力してきた。むしろ他の誰よりもしてきた自負がある）

だから今のオレは、国元の騎士たちと同等か、それ以上の実力があるのだ。それは師だって認めてくれた。

ただ、あの男には遠く及ばないと言われただけで。

だから、それが無性に悔しかった。

オレが公爵家の嫡男だからすごいのではない。オレはオレ、ギルデロック・ジュード・フォン・バルムンクという男がすごいのだと認めさせたかった。

ただオレという個人がどうであるのかを教えてくれたのは、たった一人——師匠だけだったから。

その師が認めた男に、オレは勝ちたかったのだ。

けれど、あの女の言葉がオレの脳裏に響くのだ。

クーラウム城に戻り世話役だとかいう文官に、勝手に出歩くななどと小うるさく言われたが、爺やに手を振ってみせればすぐに追い出してくれた。

オレに与えられたのは個室だ、静かで良い。

自宅に比べれば当然狭くもあるが、まあ客人の身だ。贅沢は言うまい。

（……オレは、どうすれば良い）

父親である今の公爵はろくでもない男で、そんな男を夫に持った母はアルコールに逃げた。ああはなるまいと思っていたし、いずれは自分が公爵となり、威信を取り戻してみせるとも思っていた。

だが、いざ父親が失脚して自分が継がねばならぬ段になって、アルダールに認めてもらえていない気がしてならない自分には、公爵位が初めて疎ましく思えた。

「坊ちゃま、お飲み物などいかがでございましょうか。ご気分が落ち着くような香りの物をご用意いたしましょうか」

「……そうだな、くれ」

「かしこまりました」

ソファに腰かけたオレが、思わずため息を漏らしたことを案じたのだろう。爺やが酷く心配そうな顔を見せていた。

（いかんな、オレとしたことが）

思えば、オレにも焦りがあったのだろう。

いくら完璧なオレであろうとも、両親があのような屑《くず》であることはどうしようもない。どうせ、隣国の園遊会に顔を出すことをさぞかし自慢でもして、政敵にでも利用されて嵌《は》められたのだろう。

以前から、国内の財政難を立て直すために他国を陥《おとしい》れようとする、恥知らずな連中がいることはオレの耳にも届いているからな。もしかすると、父も絡んでいたから、トカゲの尻尾よろしく切り捨てられたのやもしれん。

『私は、クーラウム王国の、騎士です。それ以上でもそれ以下でもない』

「……」

爺やが淹《い》れてくれた茶を飲み、あの男の言葉を思い出す。

静かで頑として揺れることのない、その姿勢には内心、さすがはオレが認めた男だと……思ったものだ。

そうだ、騎士としてどのような挑発にも乗らない。当然だ。そうでなくば、オレの好敵手として相応しくなどないのだから。

そしてその横に立つ、貧弱な女の声もついでに思い出した。

たかが子爵令嬢で侍女という立場に過ぎないあの地味な女もまた、揺れることなくあの男に向けた信頼は……気に食わないが、好感が持てた。

『アルダール・サウル・フォン・バウムという男性が、上辺だけを望む女を隣に置くと貴方《あなた》さまも思ってはおられないでしょう』

「……そんなことは、貴様に言われんでもわかっている」

それでも、オレは認められたかった。

あの男に、好敵手はこのオレなのだと言わせたかったのだ。

子供のようだという自覚もあるからこそ、あの女の言葉にそれ以上行動を起こすこともなく去ってみせた。

それはオレの矜持《きょうじ》でもあったからだ。

（……戦ったからといって、勝てるとは限らん）

負けるとは思わないが。

一度としてきちんと剣を合わせたことがないのだ、気持ちの上から負けていてたまるものか。

園遊会の折に見たアルダールの剣筋は、確かに恐ろしいほどに冴えわたるものであったし、オレよりも速さはあったように思う。だが力であればオレが勝るやもしれん。

そうだ、オレは負けてなどいない。

（……それに）

あの女は言った。

アルダールという男がどんな人物か知っているだろう、と。

それが妙に、すとんと来たのだ。

オレとあの男は、共に学んだ時こそないが兄弟弟子というやつであることは事実だ。始まりこそ金の関係であったが、終盤は師もオレの努力を認め、雇い主の子供ではなく一人の弟子として扱ってくれていた。

（だからこそ、悔しかったのだが）

そしてだからこそ、わかるのだ。

あの男の、『次期剣聖』という肩書によってアルダール・サウル・フォン・バウムという個人を、周囲の人間が曇った目で見るのだという事実を。

オレが、『次期公爵』であるという肩書からオレ自身を見る人間が少なかったのと同じように。

「……フン」

「坊ちゃま？」

「オレもまだまだ甘いと思っただけだ。……帰国の準備をしておけ」

「はっ、はい。かしこまりました！　し、しかしよろしいのですか？　坊ちゃまは決着をつけられてから公爵位をと……」

「良い。今は急ぎ戻り、愚かな父親の仕出かしたことを挽回する方が先だ」

「坊ちゃま……!!」

オレの言葉に感銘でも受けたのか、爺やが胸元からハンカチを取り出し、おいおいと泣き始める。

爺やはオレが幼い頃から傍にいてくれる、オレ個人を見てくれる数少ない理解者であるが、どうも最近涙もろくてたまらん。

「アルダールとの決着はいずれなんらかの形でつけることにしよう」

「あの時、バウムさまの隣におられた女性に関してはいかがいたしますか？」

「ファンディッド子爵令嬢か。あれに関しては、放っておけ」

「は、はぁ……しかし、坊ちゃまに対して無礼な……」

「オレが良いと言っている」

「は、はい！」

「……。あの女のおかげで、オレも引くことができた」

「は？」

爺やが目を丸くする。

泣いたり憤ったり驚いたりと本当に忙しいやつだ。

「あの男を理解できるのは、オレだろう。同時にオレのことを理解できるのはアルダールに違いない。それをあの女は理解していた」

「……」

「どうして忘れていたのか、こんな基本的なことをな」

笑いが、零れる。

そうだ、己のすべてを剣で成そうとしたオレたちが、互いを認めていないはずがないのだ。どうしてそれを忘れていたのかと言われれば、オレの方が剣聖に相応しいとその考えに固執したことがきっかけであり、会ったこともないアルダールに勝たねばと思ったことが始まりなのだ。

何度か顔も合わせ、あの男の空虚さもオレはわかっていた。オレはあの男の理解者だったのだ。

ということは、あの男もまた、オレの理解者なのだ！

「そのことに免じ、あの女のことは許そう。アルダールにとっても必要な女だからな」

「坊ちゃま……！」

「オレはシャグラン王国の公爵として、腐った貴族社会を立て直さねばならん。忙しくて剣聖などやっていられるものか」

「さようにございます！　坊ちゃまがおられますれば、シャグラン王国の栄光も遠からず輝きを取り戻すはずにございます‼」

「当然だ」

そう、オレは貴族なのだ。

それもただの貴族ではないのだ、剣の道を進むことは、もはや責任をまっとうするためには厳しいのだ。

兄弟子であるアルダールと剣を交えることができなかったのは残念であるが、これも一つの区切りだったのだろう。互いに道を違え、進んで行くものなのだ。

「オレはいずれ陛下の右腕となり、国政を正し、民を導く存在になってアルダールの前に立てば良いのだ。そうだろう、爺や！」

「はい！　坊ちゃま‼」

もしその時に、あの男が苦しむようなことがあるならば、オレも助けてやることにやぶさかではない。あの女一人では支えるにも難儀しそうなところがあるからな。

なにせ、オレは寛大な男だ。その時は快く、助けてやろうではないか！

感謝しろよ、アルダール‼

第二章　心中複雑、恋心

アルダールの目の色をしたペンダント、というのがなんだか特別なんだというのを実感させるといいますか、ハイ。やばーい、彼氏からのプレゼントとか（前世を含めて）人生初ですよ、人生初！　テンションあがりますよ⁉

……誰だ今、寂しいやつとか突っ込んだ人。ちょっと後で王宮裏にお願いします。

（どうしよう、嬉しい。すごく嬉しい……嬉しすぎてなんて言っていいのかわからないとか、私の語彙力《ごいりょく》のなさが恨めしい！）

それにしても、最近のアルダールは色んな表情を私に見せてくれますよね。

初めて会った頃は余裕綽々《しゃくしゃく》で隙のない人だと思っていたんですが、朗らかに笑ったり拗ねたり、そんな顔を最近見せてくれるようになって嬉しい限りです。

好きな人の色んな表情が見たいっていうアルダールの気持ちもわかります。……だからって、私のそういう表情を見たいとか言われても、実のところ困るんですけどね！

いやはや、私のそんな表情とか面白くもなんともないっていうか、アルダールはイケメンだから何しても許されそうな気がするっていうか。

まあ『あばたもえくぼ』と言いますし、彼には私が可愛く見えている……んだったらいいなあ！

それなら私も努力の甲斐があったというもの。

ちょっと浮かれすぎじゃないかって？

いいじゃないですか、このくらい!!

……ところで。

手を引かれてお店を出たと思ったら、今度はレストランで昼食。

流れるようなエスコートで、なんの疑問もなくこちらに来ましたけれども。

いやぁ本当にデートプランしっかりしてるよね。なんかすごく手馴れてる感満載なんですけど。

ちょっとジト目で見てしまうのは、私の心が汚れてるんですかね？

そんなことないよってさっきも言われたばかりですし、贈り物もいただいた後ですけれど、こう……経験の差を見せつけられるようで面白くないんです。

「……なんでそんな目で見られているのか、心外なんだけどな」

そんな私の視線に、アルダールが食事の手を止めて苦笑しました。

うう……隠れて見ていたつもりでしたが、やはりバレていたようです。

「だって、あまりにも手馴れておいでで」

言い訳めいた言葉しか出てきません。いえ、言い訳ですね。

でもそんなめんどくさい女に対して不機嫌になることもなく、アルダールは穏やかにほほ笑みました。

「義母上に事前に相談したんだ。特別な人を連れていく店はどこがいいかってね。……少し恥ずかしくはあったけれど、どうせバウム家関連の店を利用するとバレてしまうからね」

「本当に？」

「本当に！」

なんだか恋人の浮気を問い詰めているかのような雰囲気になってしまいましたが、そこに再び苦笑したアルダールが「しょうがない」と言って詳しく説明してくれました。

新年祭の、家族で過ごすのが当たり前というこの時期に、年末に顔を見せただけで実家へ滞在をせず王城に戻ると宣言した義理の息子を、どうやらバウム夫人は大層心配しておられたそうです。

まあ、アルダールとバウム伯爵さまとの関係はあまり良いものとはいえないのは周知の事実なので、それが理由の大半なんでしょうが……とにかく夫人はそんなアルダールに相談されたことで、とても喜ばれたそうです。

しかもそれが恋人《わたし》への贈り物の相談という大役だったから、大変張り切られたんだとか……。

「あんなに喜ばれると思わなかったから、かなり恥ずかしかったよ」

そう涼やかに笑うアルダールに、私はそれどころじゃありませんでした。

（……なんでしょう、ひどく恥ずかしい感じがするんですけど⁉）

あちらのご家族に私のことが相談されてるって、これなんて羞恥プレイ……。

公認になっているとは、確かにまあそうなんですけど。

彼は彼で私とお付き合いを始めたことは宣言していたはずですので、知られていることはわかってますけど。

わかってますけど‼

いつの日か、バウム夫人と王城で偶然会ったりなんかしたら、どんな顔をすれば良いんですかね、ええ。

「全部が全部相談したわけじゃないよ？」

「それは、わかってます……」

「できたら、その。きみの誕生日を楽しめる一日にしたかったんだ。折角初めて一緒に祝えるんだからね」

そう照れたように笑うアルダールは、ちょっとへにゃっとして可愛いっていうか……。

だから！　はにかむように笑うとか、ほんとだめだってーーー!!

直視しちゃうとまだちょっと威力がね。ほんとにね。

（だから！　私の彼氏がこんなにも可愛くてかっこいいとか……！）

どうしよう、本当にそのうち誰かに背後から刺されないか心配になってくる今日この頃なんですけど。私も護身術くらい覚えたほうがいいんでしょうか。

年に数回行われる、侍女の勉強会でも学べるのですが、それは基本的には王城に忍び込んでくるような手練《てだ》れ相手に一介の侍女ができることはないかってことで、自分たちが人質にならないようにどうしたらいいかという講習くらいしかなくてですね。

（ナイフを持ったレディを相手取るとか、どこで聞いたら教えてもらえますかね……？）

アルダールに聞いてみるのが早いのか、いや、聞いたら最後「自分が守ってあげる」とかまた甘い空気に持っていかれる気しかしませんね。これは却下で。

「あ……それは、その、ドウモ……」

「いや、うん……正直、どうしたらユリアが喜んでくれるのか自信がなかったのが良くないんだよ。でも疑われるのは心外だなあ」

「えっ、いえ疑っているわけじゃありませんよ⁉」

ただ手馴れてるなぁってだけで!!

今現在で同時進行、つまり二股とかそういうことはないと信じてます。

そうじゃなくて、ただ手馴れてるって思ってるだけで……ってあれ、なんだかこれはこれで失礼

というか、アルダールが堅物って噂されているのに、女遊びの激しい人みたいに私が見てるとか、そういう風にもとられるっていうか。

こんなこと言ったら、まあ逆に問い詰められる未来しか想像できませんよね、そうですね。

これは私に分《ぶ》が悪い……でも悔しいったら悔しいんです!!

私ばっかりドキドキさせられるとか、ずるいじゃありませんか。

「アルダールはモテるでしょうから、さぞかし今まで恋人に不自由なさらなかったのではと思っただけで」

「……そうでもないけどね」

「今、ちょっと間が空きませんでした?」

「いや、まあ声を掛けてもらうことはそれなりにあったから、否定はできない、かな? ただ自慢するようなことでもないってだけ。ハイ、この話題は終わりにしよう」

「……はい」

にっこりしたその顔が笑ってるのに笑ってねぇー!!

いやどう考えてもこれは私が悪かった。明るくこの話題から上手く別の話題にと思ったんだけど!

あんまり強引に話題を変えても不自然かなって思ったのが裏目に出た感じです……。

「でも」

「え?」

「ヤキモチを妬かれるっていうのも、悪くないけどね」

（あっ、いつもの笑顔に戻った）

ちょっとほっとしますよね、いつもの感じだと。

さっきからこう、甘ったるい中にいて感覚がおかしくなっているっていうか、いえ恋人同士なんだからこのくらいが普通なのか？　普通の基準がわからない!!

ヤキモチとかそういうつもりじゃ、あれ、でもいや、だって思ったからにはそうなのでしょうか？

なんだか改めてそんなこと言われると照れてくるっていうか。だからやっぱりアルダールはちょっと意地悪だっていうんです。

私がそんな風に言われたら、動揺するって知ってるくせに。

「アルダールは意地悪です……!!」

「ユリアがそうしたんだろう？」

ああもう、さっきまでの可愛い彼はどこに行ってしまったんでしょうか、すっかり元通りの余裕っぷりですよ!!

でも……運ばれてきた食事を楽しみ、こうして軽口を叩いて笑い合うっていうのは……まあごく普通の、いわゆる恋人らしいデートってやつ、なのかな。

私はちゃんと、できているのかなあって、ちょっとここでもまた不安なのです。

いや普通のデートってなんだよって聞かれると難しいんですけどね。

ちなみにデザートまでしっかり食べました。美味しゅうございましたとも、フルーツタルト。

そうしてたっぷり堪能してから外に出れば、まだまだ日中ということも手伝ってたくさんの人で通りは賑わっています。

はぐれないように手を繋いで、さて次はどこに行こうか、なんて話をしていると、私は前方に見知った顔を見つけて、思わず足を止めてそちらを凝視してしまいました。

(あれはエーレンさんとエディさん……?)

そういえば、これだけ人で賑わう新年祭の真っ最中なんだから、誰かに会ってもおかしな話じゃあないんですよね。

むしろ今まで……ああうん、脳筋公子は別です。あれは向こうからやってきただけでノーカウントでお願いします。

そんな風にぼんやりと彼女を見ていたからでしょうか。

エーレンさんがこちらに気が付いて、エディさんに何事かを言って駆け寄ってきました。

そういえば彼女と会うのは、園遊会の後以来でしょうか。

(あの時の、冷静さを失った状態のエーレンさんは怖かったなあ……)

まあそれも仕方ありませんよね、辺境がいやでミュリエッタさんの力を借りて、首都まで出てきて憧れの生活を手に入れたのに、罪を問われて戻されそうになった経緯があるんですから。

でもそれも、恋人であるエディさんが庇《かば》ったおかげでなんとかなったんですよね。

彼女からはその後、一度だけ謝罪と挨拶をいただきましたが、それ以降はやはり職場が違うこともあって会う機会はありませんでした。

そういえばミュリエッタさんが以前、エーレンさんがよそよそしい、と言っていたのを思い出します。やはり園遊会のことがきっかけですかね……?

「ユリアさま！　……ユリアさまですよね？」

「ええ、お久しぶりです、エーレンさん。お元気そうで何よりです」

なんで疑問形だ。あれだけ色々関わった割にもう顔を忘れられたのかと、ちょっと自信なくしますよ！

って思いましたが、普段と大分違う装いをしているのですから、数回顔を合わせただけのエーレンさんからすれば、別人に見えたのかもしれません。

「あの……失礼ですけど、眼鏡がなくても見えるんですか？」

「ああ……あれは、ええ、いわゆる装飾眼鏡ですから」

「まあ！　じゃあ噂に聞く、装飾眼鏡はユリアさまがきっかけというのは事実だったのですね。眼鏡がないことと髪型が普段と異なられることで、随分と雰囲気が違ったものですから……申し訳ございません」

「いいえ、問題ありません」

ああ、やっぱり。

確かに前世でも眼鏡からコンタクトに変えた人とか、印象全然違ったものね。わかるわかるー。

挨拶と軽い世間話をしたところで、エーレンさんが真面目な顔で姿勢を正しました。

「……ユリアさま、私この度、護衛騎士隊のエディ・マッケイルと結婚することになりました」

「えっ？　まあ、おめでとうございます！」

「ありがとうございます」

唐突に幸せ宣言か！　いや、おめでたいことだから良いですけど。

なんだかんだエディさんは、エーレンさんのために色々頑張ってたものね。

頑なな脳筋だとばかり勝手に思ってましたが、厄介な脳筋をついさっき見たからか、エディさんのことがちょっと頑ななだけの男性として見える不思議。

「まだ、もう少し先の話なんですけれど……」

頬を少しだけ染めて、エディさんに身を寄せるエーレンさん。

その様子は初々しくて幸せそうで、更に外見が良い二人なので、こちらとしても微笑ましさにつられて笑顔になりますね。

「良いお話を聞かせていただけて嬉しいです。その際には改めてお祝いをさせていただきますけれど……お幸せに、エーレンさん」

「ありがとうございます。……多くの方にご迷惑をかけた身です、これからは彼を支えていく道を、きちんと歩んでいきたいと思っております」

うんうん、エーレンさんは元々能力はあるんでしょうから、きっと良い奥さんになることでしょう。色々あったけど、最終的に良い道を行けるなら外宮筆頭も安心でしょうね。

私も他人事ながら嬉しいです。

「……それで、結婚したら、私たち……王城から勤務地を変えることになりました。辺境の方へ、赴《おもむ》くことになっているんです」

「えっ⁉」

「エディが、そちらの警備隊に任じられることが決定しておりますから」

「そ、それは……」

「良いんです、確かに私は辺境を疎んでこの地にやってきました。そして、焦る気持ちやそれらから逃げたくて、いけない態度をとってしまったと今は反省しています」

エーレンさんの表情から、彼女が真剣にそう思って気持ちの整理をつけたんだなと私も理解しました。彼女は彼女なりに、色々と悩んだに違いありません。

「……大丈夫です、今度は、エディがいますから」

「エーレンさん……」

「でも、心配が、あって」

ぎゅっと胸の前で手を握り締めるエーレンさんは、少し躊躇《ためら》ってから私の方を見ました。

美人の必死な顔は、やっぱり美人でした！　くっ、美しい……。

「私のしたことは、自業自得です。辺境の民であったことを恥じた過去も、なにもかも、私自身の問題で、私自身の咎です」

伏し目がちに自分のしたことを過ちであったと反省するエーレンさんに、私は何も言えずただどうしたものかと思いました。

だってほら、私は謝ってもらったわけですしね。それでもう終わったこと……くらいに彼女に対しては思っているわけですから。

「でもそれを認めて受け入れることを許してくれたこの国や、きっかけをくださったユリアさまや、信じて支えてくださった外宮筆頭さま、そしてこんな私のことを愛していると言ってくれたエディのために、私、必死で生きていこうと思います」

「……そう、ですか」

「でも、私」

一生懸命訴えるその思いは、なんというか、独り善がりのヒロイズムのようにしか思えません。迷惑をかけられた側の意見と言いましょうか……。

ですが、辺境で暮らしたことのない私にはわからないことも多いのでしょう。

あちらでの生活苦がエーレンさんを追い詰めたのだということを考えると、きっとそういう考えに至るのは彼女だけではなかったんだろうなとも思うのです。

彼女だけを非難したところで、きっと第二、第三のエーレンさんは現れるのだと思います。

だからこそ、そこから真っ直ぐに、逃げずに辺境でまた生きていくと決めた彼女は、心の底から強いと思いました。

エディさんという支えを得て、彼女は輝けたのですね。羨ましいなあ……いや、うん。リア充という意味では私も、なんですけどね。

こうも立場が変わるだなんて、出会った頃は思いもしませんでしたよね。

美人で有能と評判の侍女であるエーレンさんと、彼女がアルダールにちょっかいをかけたことで嚙みついてきたエディさんと、その当時、巻き込まないでほしいと思っちゃった私とが、こんな風に変化するなんて誰が予想したでしょうか？

「でも、私、ミュリエッタが心配なんです」

ちょっと感傷的になった私ですが、エーレンさんの言葉に、そんな気持ちが吹き飛びました。

（あぁー、そのことは私、できれば忘れてたかったなぁぁ‼）

そうですよ、ミュリエッタさん。

いいえ、忘れてるわけじゃないですよ、ミュリエッタさんのこと。

エーレンさんは、彼女によって運命が変わったと信じているわけですし。ミュリエッタさんに未来を予知する能力があると信じているんですよね。

そして、それを僅かに疑問視もしているんだと思います。

「……そんなに心配ならば、会われてはいかがですか？　彼女も友人がよそよそしくなったと、こぼしていたと思いますが」

「それは……そう、なんですけど……」

勿論、エーレンさんの立場からすると今、不用意なことをするとまた疑われる可能性もありますし、そこからミュリエッタさんに波及することを心配しているのかもしれませんが。

それならそうと本人に伝えた方が、お互い安心できるんじゃないかなあって思うんですけど……違いますかね？

直接でもいいし、手紙を届けるとか間接的なものでもいいし。

(何も言わないっていうのも、それはそれで蟠《わだかま》りができるものだと思うんだけど)

エーレンさん自身ようやく色んなものに折り合いがついて、エディさんと新しい道を歩むと決めたのですから、きっとミュリエッタさんだって、そんな彼女を友人として祝福してくれるに違いありません。

まあ、現状、令嬢として色々厳しい教育を受けている中で、友人が遠くに行ってしまうことを寂しがってしまうかもしれませんけどね。

(だからってそれを理由に引き留めたりとかはしないでしょうし、引き留められたところでエーレ

ンさんにはどうしようもできないでしょうしね）

エディさんの出向先、というんでしょうかこの場合。

とにかく、次の勤務先が決まっているのでしたら、それを覆《くつがえ》すことはできないでしょうし……

そして今のエーレンさんなら、迷わず彼についていけそうですし。

だからそういった意味も込めて迷わず会いに行ってはどうかなって思うのですが、まあ私はあくまで外野の立場ですからね……でも私に向かって『心配だ』って言われても困るというか、じゃあ会いに行けばとしか言えません。

私自身、ミュリエッタさんとは親しくありませんし、なんだかんだ色々ありましたから会いたいと思えませんし、エーレンさんに対しても縁があったというだけで仲が良いわけではないので、じゃあ伝えておきますと親切にしてあげるほどでもないし……。

冷たいようですが、私にできることはないと思います。

余計なお世話は焼きすぎても、ただの余計なお世話ですからね。

私の言葉に、彼女も思うところがあるのでしょう。

ぐっと言葉に詰まったかと思うと、恐る恐るといった感じで私を見ました。

「実は、……その、私、彼女に会うのが、怖くて」

「会うのが怖い？　それは――」

予想しなかった言葉が出てきて、私が思わず問おうと口を開いたところで、エーレンさんの腕がぐっと引っ張られました。

勿論、その行動をした相手はそこらの通行人なんてことはなく、彼女の婚約者のエディさんでした。

「エーレン、あまり長話をしては二人の邪魔だろう。挨拶をするだけだとお前が言ったんだぞ」

「エディ、それはそうなんだけど……でも」

「筆頭侍女殿、以前は世話になった。……エーレンから聞いたかと思うが、彼女と結婚することとなった。その後はまだ日程を明かせないが、辺境を任地として精進する予定だ」

彼女が何か言い募ろうとするのを制して、エディさんが私の方に会釈して改めて挨拶をしてくれました。

以前に比べるまでもないほどに落ち着いたその姿に、私は驚きました。顔には出ていないはずなので、冷静に受け止めたように見えていれば良いのですが。

「はい、ご婚約おめでとうございます。新たな任地でもどうぞ、ご壮健で。エーレンさんと仲良くお過ごしください」

「お気遣い、感謝する」

エディさんは私に対してお礼を言うと、笑みを浮かべて彼女の肩を抱きました。

はいはい、仲がよろしいことで！

でも王子の護衛騎士という立場ではなく、辺境を守る部隊の騎士になるというのは……まあ正直にぶっちゃけると、左遷みたいな感じが否めません。

いいえ、平民出身者で実力がある人間ならば、功績を上げるためには辺境の方が、のし上がるチャンスを得るのに良いとも言われているそうですが。

王族の護衛騎士に任命されるほどの教養と実力があるならば。きっと辺境の地でも負けずにやっていけるはず……ですが安定した地位と名誉という点では護衛騎士の方が上だったはず。すべてを恋人のために棒に振るというのは、どれほど困難なことなのでしょう。

おそらく私の知らないところで色々あったんでしょうが、そこはやっぱり私が案じるべき件ではないのでしょう。

「あの、ユリアさま、あのっ……」

「行くぞ、エーレン」

「あ、待ってエディ！　あの、ユリアさま……本当に、ご迷惑をおかけいたしました！　あの、後日、またお時間をいただけたらっ……」

「……構いません。ご連絡をお待ちしておりますね」

ちょっと躊躇いましたが、私はエーレンさんの言葉に頷いてみせました。

縋《すが》るようなまなざしを、あんな美人から向けられたら無下にはできないでしょ⁉

それにその後ろのエディさんの視線も怖いし。婚約者が大事なのはわかるけど、女性相手にまで変な圧をかけてはいけませんよ⁉

「ありがとうございます……ッ‼」

私の言葉にぱぁっと顔を綻《ほころ》ばせたエーレンさんが両手を広げたのを見て、ああハグされるのかなって思ったら後ろから手が伸びてきて私が引き寄せられ……ってうわあああ⁉

「あっ、あるだーる⁉」

「申し訳ないけれど、もういいかな？　それじゃあ気を付けて、エディ殿」

「……ああ。アルダール殿もあまりそう……」

「なんのことかな？」

「いや」

エディさん、今何か言いかけましたね？　目を逸らさずお願いします！　さあ！

エーレンさんも行き場のない手をどうしようってしながら、こっちをきょとんとした顔で見ないでくれますかね。ものすごく居たたまれませんので。

（なんだか妙な空気になったんだけどどうしたら良いのこれ……!!）

後ろにいるアルダールの顔は見えませんが、そんなにここでの立ち話がいやだったのかしら？

まあ往来だし、長話するような場所ではないけれど、それならそうと言ってくれれば……。

結局、会釈して去る彼らにお辞儀しようにも、私の前に回されたアルダールの腕が外れてくれないので手を振るだけでした……が、あの、往来なんでそろそろ解放していただきたい。

「アルダール？」

前に回された腕がなかなか外れないので、とんとんと叩いてみますが、無反応。

え、なんか怒ってる？

なんとなくそんな雰囲気が漂っているんですが……。

「アルダール、私、何か気に障《さわ》ることをしましたか？」

「……なにもしてないよ」

ゆっくりと外された腕で、私がようやく振り向くと、少しだけ不満そうな顔をしたアルダールがそこにはいました。

はて、なんだろうかと首を傾げましたが、すぐにその答えは本人から聞けました。

「ユリアはお人好しが過ぎるんじゃないかな」

「え、そうですか？」

そうだろうか、……いやうん、そうかも？

でもエーレンさんも遠くに行ってしまうのですし、ちょっとくらいお話をしてもいいかなあとは思うんですよ。

もし彼女が、ミュリエッタさんのことを私に託すつもりなら、はっきりとお断りするつもりです。

……が、もしかしてアルダールからすると、私はそれを〝ついつい〟引き受けちゃうお人好しのように見えているんでしょうか。心外です。

「彼女は……例のウィナー嬢の関係者だ。そういう風にユリアも見られることになったら、どうするんだ？」

「関係者、ですか？」

「まあ……私とユリアは、すでにそう見られている気がしないでもないけど。でもできる限り、ウィナー嬢に関わる要素に自ら近づくのは止めた方が良い」

「それは……まあ、そうかもしれませんけど」

確かにそう言われればそうかな、と思いました。

でも、王弟殿下がミュリエッタさんの『父親』というキーパーソンを押さえ、そして『彼女の王女殿下への非礼に目を瞑《つぶ》った』ことで彼女自身を押さえた現状で何かがあるとは思えないんだけど……それは甘い考えなのかな。

（彼女自身がアルダールにちょっかいをかけなければ、私としては構わないっていうか、後はプリ

メラさまに対してどうこうって態度さえなければ）

正規ヒロインとして、彼女が何をなし得たいのかというのを、知っておきたい気もしなくもないっていうか。今後の対策として。

（……うん？　あれ、それだと結局ミュリエッタさんに関わらないといけないのかな？）

アルダール狙いなんだろうなって思ったけど、あの状況で彼女がアルダールに今後近寄れる可能性は少ない……はずです。

予定通り学園の生徒になったからって、ディーンさまがプリメラさまと相思相愛状態な上に兄弟関係も良好、となればミュリエッタさんとお近づきになったところで、せいぜいが友人止まりでしょう。ただバウム家としての立場で考えたら、ディーンさまから働きかけるとは思えませんが。

そもそも良識ある貴族の子女であれば、婚約者がいる異性と下手に親しくしたりはしないでしょう。距離感は大事です。

（いやでも、ミュリエッタさんが前世の記憶を優先していたら……？）

前世の記憶云々《うんぬん》は置いておいても、それを見越して統括侍女さまがそんな真似をさせないよう、ぎっちぎちに教育をって望んでるような気がしないでもないけど。

それでも、うん……これは私が悪かったのかもしれない。

「ごめんなさい」

「……いや、私も言い過ぎた」

「気をつけますね」

「うん……いや、……うん。行こうか、もう忘れよう。折角楽しい日なんだから、時間を無駄にしては勿体《もったい》ないからね」

「はい！」

なんだろう、ちょっと何か言いかけたけど。

でもここで突っ込むのも、ちょっと空気読めない人ですよね。

私は空気の読める日本人……じゃなかった、一人前の侍女ですからね、笑顔で返事をして気にしないという態度を貫くことにしました。

それに彼が言うように、折角の休日、折角のデートだしね！


（楽しまなくっちゃ勿体ないものね！）

アルダールが差し出してくれた手に手を重ね、私たちは再び新年祭を楽しむために人混みの方へと向かったのでした。


そこからのデートは、邪魔の入らない良いものでした。

いや本来デートって、邪魔が入るものじゃないんですけどね！

あれこれお店を見て回り、街中の大道芸人や音楽隊を楽しみ……こういう時間ってなかなか取れませんからね、お互い普段の生活の場が王城ですし、忙しい身ですから。

知り合いにはちらほら遭遇しました。使用人館食堂の人とか、文官さんとか。

私たちのことを知っている人たちが、微笑ましいものを見たという表情だったのが解せぬけども。

そうして新年祭恒例の、夜のフラワーシャワーを眺めて二人で城に戻ってきたわけです！

町中を雪が降っているかのように、淡い薄紅色の花びらが松明《たいまつ》の明かりに揺らめきながら舞い散るのはとてもとても綺麗で……言葉にならない美しさっていうのは、こういうことなんだなと実感しました。これが行われる時間まで街中にいたことがなかった私としては、初めて見られたのがアルダールと一緒だったことはとても良い思い出になりました。

最中は色々あったけど、トータルで見るとなんて良い新年祭!!

脳筋公子の出現とか、エーレンさんの結婚話というおめでたい話の他に、なんだかちょっと不穏な気配のするミュリエッタさん関連の相談事とかありましたけど、全体で考えたらおつりがくるくらい良い新年祭です。

幸先良いスタートですよコレは。

一年の計は元旦にありって言いますからね、前世での話ですけど。

「……あの、アルダール」

そして戻った城内は、相変わらずどこか、しぃんと静まり返っていて。

先程まで城下の賑やかさの中にいた私からすると……なんだか、夜中に家の中を探検する小さな子供のような気分になりました。

だからついつい小声で彼の名前を呼んでしまったんですが、他意はありません。

でもなんだか、そう……そんなことはないんですけど、急に静かになったから、二人だけになったみたいな気分になっちゃっただけです。

心細いとかじゃないですよ？　そこまで子供に戻ったわけじゃありません。

私の部屋の前にたどり着いて、ああ、もうデートは終わりだなと思うとちょっと寂しい気持ちになっただけです。

「なんだい？」

「……今日は、ありがとうございました。すごく、楽しかったです」

「うん、そう言ってもらえたなら、私も嬉しい」

「それで、あの」

うん、まあ。今更っていうかようやくっていうか。

私はそっと鞄からプレゼントの包みを取り出して、アルダールに差し出しました。

「いただいたペンダントほど立派なものじゃないんですけど。使ってもらえたら、嬉しいなって」

「ありがとう」

中身が何かなんてアルダールは聞きませんでしたが、嬉しそうに微笑んで受け取ってくれました。

うん、それだけで私もほっとするっていうか嬉しい、っていうか。あ、なんかすごく今リア充です私リア充できてます‼

デートだって思っても、おかしな行動しないで落ち着いてますものね。

ふふふ……人間って成長するものですねえ……自分のことなのにびっくりです。

今日一日で、互いの距離がぐっと縮まった気がします。

「あ」

「え？」

「いえ、アルダール、髪に何か……さっきの花びらかしら」

「え？　どこだい？」

綺麗な淡い色の花びらを、夜になって鐘と共にまき散らす……というのはなんとも幻想的で素敵ですが、やっぱり花びらとかはどこかについちゃいますよね。

ちょっと色的にミュリエッタさんの髪色を思い出してしまうのが難点でしたが、花は花、彼女は彼女です。

別にほら、アルダールに彼女色のものがついたのがいやだとか、そんな子供っぽい理由で思い出したわけじゃないですよ。

私に花びらのことを指摘されて、軽く頭を振ったり手櫛で探すアルダールですが、どうにも上手くいかないようで困った表情を見せるものだから、私はなんだか微笑ましくなりました。

「屈んでください、私が取りますから」

「ごめん、お願いするよ」

背が高いから、屈んでもらって丁度いいくらいで……ってうわぁ、顔近くなった!!

いや、屈んでもらったんだから当たり前なんだけど。思わずどきりとしちゃいますよね、だってイケメンですしね!?

ふわぁ、改めてみるとやっぱりすごくあれですよ、美形ですよ。

うぅーん、この人が、私の恋人……？　ってやっぱり夢見てるんじゃないかって思う勢いですが、これが現実なんだから世の中って何があるかわかったもんじゃないですよね！

「どうかした？」

「えっ、いえなんでもないです！」

アルダールが不思議そうにしたところで結構ガン見してたな私ということに気づきました。

うわぁ、いや、ほら、つい……出来心ってやつですよ！　誰だって目の前にあるものにふと釘付けになる瞬間ってあるでしょ⁉　それがほら、たまたま彼氏の顔だっただけで……。

うん、おかしい言い訳をしているなって自分でも思いましたよ……。

「はい、取れましたよ」

「ありがとう」

指先で摘まんだ花びらをアルダールに見せると、屈んだまま彼が柔らかく笑ってくれて。

ああ、うん。

その笑顔、好きだなあ。

優しく笑う時に細めた目の、青い色がすごく柔らかくって。

男らしい人なのに、こんな風に笑うとちょっと可愛くなって。

好き、だなあって。

そんな想いが、私の頭を一瞬で占めて、そしたらなんでだろう。

自然と、体が動いてた。ほんのちょっと背伸びしたら、キスもできちゃいそう、なんて思ったのは確かです。でもやろうと思ったわけじゃなくて、体が勝手にっていうか。

多分、それは一瞬で。触れたか触れないか、そのくらいの僅かなものです。

ちょっとだけ、ひんやりした感触に。頭が冷静になった時には、思った言葉はただ一つ。

（やっちまったぃ……‼）

きょとんとしたアルダールが、私を見ている。

そう、そりゃまあ、驚くよね！

私から、アルダールにキスしたんだから。


（ええーどうした私⁉　そしてどうしよう私……‼）

いやほら、ほんとにね、しようと思ったとかそういうわけじゃなくて、実は『来てくれないなら私から！』みたいな肉食系女子でした、とかでもないよ？　ただなんかこう、気が付いたらしてたっていうかね！　あっ、待ってそっちのほうが駄目っぽい。アウトですよどうしましょう‼

（好きだって言葉にするのはあんなに躊躇ったのに、無意識でキスしちゃうとか私どんだけ……ッ‼）

いや感触とかよくわかんない、気が付いたらしてた。ほんとに。どうすんだこれ。

恥ずかしいとかそういうのよりも、今は動揺のほうが勝っていてどうしたらいいのか、とりあえずアルダールに釈明しないといけないと口を開くものの、当然良い言い訳なんてできるわけもない。

「あのっ、今のはっ、えっと……ッ」

「……」

「えっと……ええっと……う、奪っちゃった、……みたいな？」

へらりと笑いながら言ってみたものの、それはなんの笑いにもなりませんでした。詰んだ。

アルダールのきょとんとしていたまなざしが、すっと違うものに変わって。あ、なんかこれヤバ

いやつだ。

「……ユリア」

私の名前を呼ぶ彼の声が、いつもと違う気がする。

直感的にそう思ったから一歩下がろうとしたのだけど、私が遅いのか彼が早いのか。私は抱きすくめられていて、あっという間に次の言い訳が声になる前にアルダールの口の中に飲み込まれて、

……ってそう、キス、された。

私がしたみたいな、掠めるような一瞬のなんかじゃない。

食べられちゃう、って思うような。

ああでも違う、アルダールに食べられちゃうとかじゃなくて、息ができない。違う、そうじゃなくて。

もう、わけがわからない。

声なんて出せる状況になくて、どうしていいかわからなくて、目の前にあるアルダールの服を掴《つか》むくらいしかできなくて。

そりゃまあ、こうなったら、なんて夢見たことはあったよ?

好きな人ができて、その人に奪われるくらい愛されたい……とか夢見がちなことを考えたことが、やっぱりありますよ⁉

「あるっ、だー……」

「黙って」

でも、キスって、こんなに？　何も考えられなくなるの？

息もできないくらい、ってただの表現じゃなくて？

酸欠なんだろうか、頭がくらくらする。

アルダールに抱きすくめられるようにして、体に力が入らなくて、ああ、なんだっけ？

今、ここがどこで、私は。彼は。そうやって何かを考えようとするとまた唇が重ねられて、何も考えるなって言われているみたい。

頭の中が、真っ白になってしまう。

「……ユリア」

余裕の、ない、彼の顔。

まるで、告白された時みたい。

でも余裕がないのは私も一緒で、返事をしようと思うのに体中力が入らない。

「このまま、……」

「……？　なに……？」

何かを、アルダールが小さな声で言ったけど。

私の溶けてしまった脳みそは、それを上手く聞き取れなくて、問いかける。

そんな私にアルダールが、困ったように笑いました。

「だから、君はずるいんだ」

「……え？」

「このまま、私と一緒に来る？　……来てほしいと言ったら、どうする？」

「……一緒、に？」

「そう」

「どこ、へ？」

「それは」

アルダールが言葉を重ねようとするその瞬間、私の視界には見知った人の姿がありました。

「おや、どなたかおられると思いましたらお戻りですかな」

「……セバスチャンさん……」

「新年祭は楽しかったですかな、ユリアさん」

「え？　ええ」

「近衛騎士殿も、我が宮の筆頭侍女さまを送り届けていただきましてありがとうございます。彼女も少々疲れておられるようですからな、後はこちらでお受けいたしましょう」

「いえ……」

するりと私の頬を撫《な》でるようにして、アルダールが離れていきます。

（うん？　あれ、なんだか私とんでもない状態だったんじゃない？）

離れた体温にようやく何が起こったのか理解して、顔がまた熱くなりました。

でもそんな私をよそに、アルダールとセバスチャンさんがまるで睨み合うかのようにお互いを見ていて、あれなんだこれ。どういう状況？

困っていると、遅れてメッタボンまで現れたじゃありませんか。

そして彼は私の様子と、二人を見比べて大げさに肩を竦《すく》めてみせました。

「悪いなあ、バウムの旦那。そこの爺さん、ちぃっと酔っちまったらしい」

「酔っておりませんぞ」

「あー、はいはい。まあ、……なんとなく状況は察した。男としちゃぁ同情するぜ」

「……」

なんですかそれ、ちょっとねえメッタボン。

聞くに聞けない怖いな、なんだこの状況。

いや冷静に状況を説明されてもいやだなと思うんだけど。ねえ解散じゃだめですかね、笑顔で解散！　良い案だと思うんですけど……。

動揺している私など蚊帳の外状態で、彼らは悪い笑みを浮かべていますし。

どうみても友好的って雰囲気じゃないのは、私の勘違いではないはずです！

「でも、まあ。王女宮の番犬は、割と優秀でさ……なかなか近づけないだろう？　オオカミさんよ」

「……そうだな。今日は、私の分が悪いようだからおとなしく引くとしようか」

「賢明だ」

「さすがですな」

くっと笑うメッタボンも、薄く笑うセバスチャンさんも、悪役そのものですよ⁉

そして、あの……オオカミってそういう意味ですよね、あれ、私ちょっと今アレでしたかね、そうですよねそういう意味ですよね。

（っていうか番犬っていつから貴方がた、私の、私たち王女宮の保護者になったんですかね⁉）

色々突っ込みどころはあるのに、言葉が出なくて、どうしたものかと私が一人右往左往していると、アルダールが振り向きました。

この雰囲気に似合わない爽やかな笑顔です。

「それじゃあ、お休みユリア」

「えっ、あ、ハイ」

思わず返事をしましたが、何でしょう、このあっさり感。

さっきまで……いや考えてはいけない、今はまだそこにセバスチャンさんとメッタボンがいるんだから。

そう思った私にそっと顔を寄せて、アルダールが声を潜めて言いました。

「……続きは、また今度、ね？」

「!!」

一瞬にして、引いたはずの顔の熱が戻ってきた気がします。

思わず頬を両手で押さえた私を見て、セバスチャンさんがそれはそれは良い笑顔を浮かべました。

「さ、騎士殿はとっととお帰り願いましょうかな」

「おいおい、爺さん……さすがに大人気ねぇぜ……」


ああああああ。

なんだか！　今こそ！　恥ずか死ねそうです!!

私は去っていくアルダールを見送って、セバスチャンさんとメッタボンに改めてただいまを言ってから、自室でベッドに顔を押し付けて一人悶《もだ》えるしかできないのでした……。

もう！　明日からアルダールとどんな顔して会えばいいのか！　わからない‼


新年祭の後、私の心中は複雑です……。

いえ、幸いというかなんというか、アルダールは仕事が忙しいらしく、お互いの時間が合わなくて今のところ私の心はなんとか平和です。

（避けたいわけじゃないし、会いたい気持ちはあるけど、どんな顔して会えばいいのかわからないっていうか……）

だからって、このまますれ違いっぱなしっていうのもよくないんでしょうね。

ほら、前世だと『一緒にいる時間が減ってすれ違いが増えると良くない』って女性誌とかにでかでか載っていた気がします。

（ああーあの頃、『私には関係ないし』とか思ってないで読んでおけば良かった！）

後に悔いると書いて後悔ですので、前世を嘆いても始まらないとはわかっているんです。

わかってはいるんですが、ゲームや小説とかでも、そういうシチュエーションで「どうせ浮気してたんでしょ⁉」と疑心暗鬼になるパターンを読んだことがある気がする‼

いや、まあ、アルダールですし、そういう修羅場にはならないと思いますが。

思ってますが。

信じてますが。

でもそうなったら嫌だし？　実際アルダールに綺麗な人が、絶え間なく寄っていく可能性もあるわけだし？　恋人がモテ男過ぎて困るとかどんな自慢だよ！

（でもだからって、うん……ほら、あれはさあ）

恋人としてステップアップを、と望んでいたわけですが……なんだかいっきに何段階も飛び越えてしまった気がするんですよ、まあほとんど自分のせいっていうかなんていうか。

あそこでセバスチャンさんの制止が入らなかったら、どうなっていたんでしょう？

というか、アルダールのあれは本気だったのか、あの場の勢いというやつだったのか、いやそういうのを確認する術《すべ》はないっていうか、ああーもうこれ、なんだ、どうしたらいいの、どう処理してるんですかね世の中の女性陣!!

（さすがにこれは誰かに相談ってわけにはいかないし、物語や本とかでわかる話でもないし!?）

ちなみにこの国では男女関係、割と寛容といいますか、恋人同士なんだからある程度いちゃこらしたってかまわないよっていう風潮なんですね。

さすがに王室やそれに準じる高位貴族だと体裁ってものがありますから、あまり大っぴらではありませんが。

だからまあ、アルダールがあの場でああいうセリフを言ったところで、恋人なんだからおかしい話じゃないっていうか……。

なにせ貴族としての習わしでは、婚約期間を一年以上。これが前提で結婚できるっていう感じなのでほら、一応気をつけてる？　っていうか？

何をとか言わせんな、恥ずかしいからね！　妊娠だけには気を付けてって話ですよ。

とりあえず私も令嬢なので、そういった事柄は一応、家庭教師に知識として教わりましたから知ってますけどね。

自分の身に降りかかるとなると、結局こうして混乱を極めているので、なんともかんともしがたいです。事実は小説より奇なりってやつですね。違うか。

とはいえ次に会った時には普通に会話できるよう、極力挙動不審にならないように努めなくては……!!

思わずぐっと拳《こぶし》を握ったところで、おずおずとスカーレットが私に声を掛けてきました。

「ユリアさま？　今、お時間よろしいかしら？」

「ええ大丈夫よ、スカーレット」

「……何か大事な考えごとでしたの？　随分と考え込まれておられるようでしたから。もし大変でしたらワタクシの方は後回しでも」

「個人的なことですから大丈夫。貴女《あなた》が戻ってきて書類を分担してくれるので、考えごとをする余裕ができたからなんだけれど……心配してくれたのね、ありがとう」

「そっ、そんなことはない……わけではないですけども」

どっちだ！

思わず突っ込みそうになったけれど、スカーレットはちょっと頬を赤らめて微笑ましかったので黙っておくことにしました。

美少女の照れ顔って、尊いよね！

なんて馬鹿な考えは勿論顔に出さず、私は彼女にソファを勧めました。

先程、スカーレットに言ったことは嘘ではありません。

（ついつい暇だから考えごとをしちゃうっていうか……いやそれは自分のダメなところですね）

それもこれも実を言うと、スカーレットが戻ってきてくれてすぐに仕事に取り掛かり、時間を見つけては私の補助を買って出てくれるからなんですよ。ありがたいことに、そのおかげでやることがほとんどないんです。

新年祭が終わったとはいえ、まだまだ国内はお祭りモード。さほどお仕事があるわけでもなく、書類のほとんどを彼女に任せてしまうと、私は最後の確認とサインだけになります。

いやあ、お仕事のできる後輩を持つと先輩としてはありがたいものですね……。

でもこんなことばっかり考えている自分がちょっぴりいやなので、お仕事を少し、こっちに残してくれると正直嬉しいんですけどね？

アルダールは勿論のこと、セバスチャンさんとメッタボン、あの二人とも顔を合わせづらくてですね……。

仕事に逃げるっていう口実を取り上げられると、余計に先日のことが頭を過っちゃうわけなんですよ。

（でも逃げてばっかりもいられないしなあ）

かといって、アルダールのことばかり考えているわけにもいきません。ほかにもやるべきことはたくさんあるのです。

決して考えることを放棄して、とりあえず後回しにするとか解決を先延ばしにしているわけではありませんよ？

「……ワタクシで良ければ相談にのりましてよ？」

そんな私の考えなど知らないスカーレットが心配そうにそんな風に言ってくれるから、ちょっと自責の念が……そうです、ほかの解決すべきことをまず片付けて、それからゆっくり悩めばよいのです。

私も一人前の大人なのですからそのくらいできて当たり前ですよね！

というわけで、まずは情報収集。大事なことです。幸いにも目の前に、私が欲することを知っていそうな人がいるわけですし。

「ありがとう、スカーレット。そういうことならちょっと聞きたいのだけれど……ご兄姉《きょうだい》が婚約した際の顔合わせの会、というのはどのようでした？　よければ教えてもらえないかしら」

「え？　ああ……そうでしたわね、ユリアさまの弟君《おとうとぎみ》が正式にご婚約されるのでしたわね！　おめでとうございます」

「ありがとう。顔合わせの会について、帰省した時に話し合うのだと、聞いてはいるのだけど……やっぱり事前に知りたくて」

「そういうことでしたらワタクシにお任せくださいまし！」

ふふん、と胸を張ったスカーレットはやっぱりちょっと変わったよね、初めて会った頃に比べたら。

あの頃に比べると化粧は落ち着いているし、高飛車な態度も落ち着いて、こうして仕事も積極的に自分からして……元々ちょっとわかりづらかった優しさも、態度が落ち着いたからか、ずっとわかりやすくもなって。

はあ……もう最初はこれでもかってくらい心配したけど、今では可愛い私の後輩ですよ！

すっかりメイナとも仲良くなって、二人が仲良くしている姿を見るだけで癒されますからねー。

スカーレットも、戻ってきてメイナの姿がないのがちょっと寂しそうだった……なんていうのは私の心の中にだけしまっておきます。

「やはり主役は婚約をする人間ですわ。相手方を持ち上げないと話自体無くなってしまうこともあるというのは当然ご存知かと思いますから、家族にできることは、せいぜい当人が変なことを言い出したりしないように注意して、テーブルの下で時に足蹴《あしげ》にするくらいのことですわね」

「え、いえ……足蹴？」

おっと、思いもよらない話になったような気がするんですが、気のせいでしょうか。

私が聞きたかったのと……大分違う実情ですね……。

それが一般的なのでしょうか？

「ワタクシの兄上はちょっとだけ、物を考えるのが苦手なのですわ！」

「そ、そう……私の弟はそういうことはないと思うけれど……」

今は実家で次期子爵として忙しくしているであろう弟と父の姿を脳裏に浮かべて、どちらかといえばリードもできずに大人しくしていそうな父のイメージと、その横でお義母《かあ》さまがハラハラしている図が思い浮かんだのでスカーレットの家とは大分様子が異なるのでしょう。

私の言葉にスカーレットもうんうんと頷いています。

「そうですわね、ユリアさまの弟君でしたら問題ないのでしょうね。お会いしたことはございませんけれど」

「いつか紹介したいわ」

「ありがとうございます。それで、お相手は？」

「セレッセ伯爵さまの妹君、オルタンスさまよ」

そう、ビアンカさまから聞いたオルタンス嬢のイメージは、私が記憶しているゲームと違うことも気になります。

いや、そもそもゲームと混同する方がおかしいんじゃないかって最近思い始めたわけだけど。

基本的なことは同じ、でも違う……ってなるとゲームが元なのか、この世界が元なのか……それは誰にも証明できない気がする。となると考えても無駄なのか……？

だからこそ、顔合わせがちょっと不安っていうか……どうやら好意的らしいっていうことは、生誕祭が終わった際にいただいたお手紙から察しておりますが。でも心当たりがなくて、正直疑問符でいっぱいっていうか、なんていうか。

（あ、色んなことがあり過ぎて知恵熱出そう）

やっぱり一つずつ問題を片付けていくしかないんですよね、そうなると。

でもスカーレットの言う通り、今回の顔合わせ自体はメレクが主役です。私は落ち着いて、メレクの姉として挨拶すれば良い話。

それに……そもそも考えれば、ミュリエッタさんが『ヒロイン』そのものじゃないっていう段階で、ゲームとはもう初めから違うのです。

ユリアという存在も、プリメラさまの成長も、そう、これはゲームなんかじゃない。

私たちは私たちの感情や生き様があって、経験や行動がこうして形になって。

でも同時に、私はどこかで相変わらずゲームの影に怯えてるんですよね。

前世の知識があるというのも、善し悪しなのかもしれません。

「ご存知の通り貴族社会において名門家から無名の子爵家に嫁ぐことは珍しいことですが、ユリアさまのお立場という背景があれば当然ですわね！」

「え？」

「王女殿下の信があり、実績もある。その若さで筆頭侍女を務めておられるというだけで、十分すごいですわよ？」

「そ、そう……？」

当然のようにスカーレットが私を褒めるものだから、私はなんと返して良いのかわかりませんでした。

えっ、照れるべきところだったのかしら。

だとしたらタイミングを逃した。

「そりゃまあ普段は地味な装いですけれど、それは仕事の上で必要だと、ワタクシもよく理解できました。ユリアさまは内面に優れていらっしゃるからこそ、あの堅物男が熱を上げられるんですものね」

「堅物男？　……もしかして、アルダールの、ことかしら？」

「ええ、そうですわ！」

くすくす笑うスカーレットが、あんまりにも楽しそうなので。

私は少しだけ、失礼だと注意しようかと思ったのに、思わず一緒に笑ってしまいました。

うん……うん、でもアルダールの名前が出て、ついつい また思い出した私を、スカーレットが不思議そうな顔をしていたけど知らんぷり、です!!


スカーレットと話したおかげで、大分顔合わせの会に対してのイメージも固まりました。

うんうん、こういうのってやっぱりイメージトレーニングは大事ですよね。

私もオルタンス嬢のことを、『ゲームの登場人物』などとフィルターをかけて見るのではなく、一人の女性として見なくては。

（大事な弟のお嫁さんだもの、きちんとご挨拶しなくちゃ！）

とはいえ、家族みんなの反応はどうなのかなあ。

今の所、お義母さまが家族の中では特にこの事態を歓迎しているようです。大歓迎と言っても過言ではありません。

お義母さまからしたら、上位貴族のお嬢さんが我が家に嫁いできてくれるというのは、とても栄誉なことと受け取っているのでしょう。実際、そうなんだけれど。

お義母さまご本人は後添いとして、伯爵家から子爵家に嫁いで来られたわけですが、そのことで文句を仰ることはありませんでした。

当主の妻として努力をし、嫡子であるメレクを立派に育てられた方です。

でもお義母さまのご生家である伯爵家所縁《ゆかり》の方に、まだ見習い侍女だった頃の私はちょっと馬鹿にされた思い出があります。

その時に色々とあちらが勝手に喋ってくださったので、お義母さまが結婚に至るまでに何があったかは割と知ってます。

それは要約すると、お義母さまは伯爵家で複数いる娘のうちの一人だったので、適度に実家に役立ちそうな家に放り込まれた……という話でした。

（まあ何かあった時に、どこの派閥にも属していないファンディッド子爵家を替え玉に、とかそういう魂胆なんだろうけど）

以前お会いしたその〝所縁の方〟は、お義母さまのことを『領地持ちとはいえ、たかが子爵家にしか嫁げなかった』なんて仰ってましたね。

更に私のことを『目の上のたんこぶになりかねない先妻の娘は、こんなに不器量で目も当てられない』とか好き勝手言ってくれやがりましたからね。

（あえてどうにかしようとは思わないけど、忘れてなんかいませんよ……！）

まあその時は勿論、顔に出さずに丁寧にお帰り願ったわけです。

そこから先輩侍女たちから小耳に挟んだ話と併せて、先程の結論に達したというものなので、多少は間違ってるかもしれませんけどね。

その後、私がプリメラさま付きの侍女になって、何度か別の方から「親戚なんだから」とかお声を掛けられたこともありました。

そういえば、その方は以前声を掛けてこられた方に似ていたかもしれませんね！

私、親しくない親戚の方に時間を割くほど暇ではなかったので、セバスチャンさんにお願いしてお帰り願っていたのでよくわからないですけど。

（ほら、当時は私もまだ侍女として駆け出しで大忙しでしたから！）

まあそんな状況ですから、名門セレッセ伯爵家のお嬢さまが嫁いでくるとなれば、お義母さまはさぞかしお喜びのことでしょう。

（張り切り過ぎて、妙に意気込んでないといいですけど……）

セレッセ伯爵さまが妹君を嫁がせてもいいと思ったメレクの人柄を思うと、それを台無しにする大失態は避けたいところです。

まあ、顔合わせ前の家族会議で、そこのところはきちんと気をつけておけば良いですかね。

お父さまは当主と言えど元々大人しい人ですし、大公妃殿下との一件以来、家では更に息を潜めていらっしゃるようですから、お義母さまが暴走しても止められるとは思えません。

嫁姑問題とかはちょっと私の範疇《はんちゅう》外だから、そこはまあ、可愛い未来のお嫁さんのためにもメレクに頑張ってもらうとしましょう。

（お父さまは、うん……まあ、メレクが愚痴《ぐち》を言いたい時に聞いてあげてくれたらいいなあ！）

そんなことを考えていると、ノックの音の後に、予想外の人物が顔を覗かせました。

「失礼いたします」

「あら、エーレンさん？」

そう、お客さまはエーレンさんだったのです。

仕事で私の元を訪ねたという雰囲気ではありませんでしたので、私は首を傾げました。

そんな私を見て、彼女はとても申し訳なさそうに頭を下げます。

「申し訳ございません、今お時間をいただけませんでしょうか」

「……ええと、お約束いただいた日は別だったと思いますが」

「ああ、いえ、私の……というわけじゃないんですけど、でも、あの」

エーレンさんとは例の新年祭の後、改めて会う日時を決める手紙のやり取りをしたんです。

ですが、その約束の日とは別に、ここに来たのには別の理由があるようで……。

執務室に現れた彼女は少し困ったような表情でした。

プリメラさまは今、神学のお勉強中でしばらくは大丈夫でしょう。スカーレットもいるし。私は頷いて入口でそのまま申し訳なさそうに佇《たたず》む彼女を手招きしました。

「それで、どうかなさいましたか？」

「いえ……あの、一応お耳に入れておこうかなと思って……あの、私は休憩時間なんです。ユリアさまがお忙しいようでしたら」

「いいえ、大丈夫です」

私がソファを勧めると、おずおずといった様子でエーレンさんが座りました。

緊張しているんでしょうか、少し顔色が悪いですね。

温かいお茶でも淹《い》れてあげようと立ち上がった私に、エーレンさんが震える声で言いました。

「……ミュリエッタ、さま……は、学園に入ることが決まっていると聞きました」

「ええ、その通りです」

「その際に、ウィナー男爵、つまりミュリエッタさまの父君が、騎士団に入隊するということは既にご存知かと思います」

「……？　ええ」

「それで、あの」

エーレンさんは困ったように口を閉ざし、それから意を決したように私を見ました。

以前から美人でしたが、今のエーレンさんは前よりももっとこう……、なんといったらいいのでしょう。

芯が一本通ったような気がして、ああこれがエディさんの影響で、恋する女性ってやつなんだなあなんて場違いなことを印象として持ちました。

「あの子、いえ、ミュリエッタさまですけど、あの、バウムさまにちょっかいをかけたって噂で聞きました」

「……」

「父親が騎士団勤めになれば、会いに行けるかもなんて言い出すんじゃないかって……私が注意しても聞かないでしょう。彼女は自分に、ものすごく自信を持っていますから」

「エーレンさん……」

「私は！　私は……今、エディの婚約者として、これからしっかりしていくと決めましたし、彼女は友人でしたが誤ったことをするにしても正すことは、不可能です」

きっぱりとした口調ではっきりと言い切ったエーレンさんは、くしゃりと泣きそうに顔を歪めました。

「友人関係にあったといえ、彼女は自分がこうだと決めたら、その方向に突き進むタイプなんです。

悪い子じゃないはずなんです。今では身分差も手伝って、私は諫《いさ》めるような言葉なんて言えるはずがありません。……でも、恩があるんです」

泣きそうな顔で、自分の言葉なんて聞かないとミュリエッタさんを評したエーレンさんは、それでも恩義あるウィナー父娘がとんでもない立場になることを恐れているようです。

（いや、もうとっくの昔にね……）

なんて、口が裂けても言える雰囲気じゃありません。まああの生誕祭での出来事は、元々言えませんけどね。事情が事情ですので……。

「大丈夫ですよエーレンさん。貴女の婚約者であるマッケイル殿にも確認してくれて構いませんが、もしウィナー男爵が配属されるとしても一般騎士からです」

いやあ、いくら『英雄』だからって軍部でも優遇されるってわけじゃないそうです。

その方が、軋轢《あつれき》も生じず双方安心ですものね。

「であれば、ミュリエッタさんが父親に会いに行くという名目でアルダールに会いに行くことは、難しいと思いますよ」

「……そう、で、しょうか？」

「ええ。近衛騎士や護衛騎士と一般騎士は勤務体系が違いますし、宿舎も違います。個人的に道を間違えて会いに行く、なんてこともできません」

「……大丈夫、でしょうか。でも、ミュリエッタは……彼女がバウムさまに懸想《けそう》しているなら、諦めるとは到底思えません。そのくらい、彼女はあらゆることを手に入れてきたんです。でもそうなったら、この王城では決して許されることじゃないし、そうしたら男爵が……」

「ウィナー男爵さまの実力は私にはわかりませんが、きっと真面目に勤められれば同輩の皆さまが支援してくださいましょう。学園が始まるのももう少しのことですし……」

エーレンさんの手が震えていて、顔色も大分悪くなるのを見て、私は逆に彼女のことが心配になりました。

いくらミュリエッタさんに恩義があるからって、そこまで彼女が責任を負う必要はないんだと思うんです。

「ねえエーレンさん、気をつけることは大事です。ですが、案じすぎて貴女が体を壊してしまう方が心配です」

「ユリアさま……」

結婚ってすごく幸せなイメージだけど、メンタルの負担も大きそうだもの。

エディさんは頼りになるだろうけど、エーレンさんは辺境を嫌って首都に出てきたのに、今度は出身とは違う辺境の地に行くことになったわけだし。

仕方がないって言いながらもストレスは絶対あるはずです。

それに、今回の結婚でエディさんはやっぱり実質、左遷なわけでしょう?

いくら無実とはいえ、どこかで繋がりがあったかもしれないエーレンさんという女性を、それでも妻に迎えるって堂々と宣言したのはかっこいいと思います。

そういう経緯を、彼女だって……いや、誰よりも彼女が理解しているはず。

(だからね、ミュリエッタさんのことばっかり心配しないで、自分のことを心配してほしいんだよね)

そこまで彼女のために踏み切ったエディさんと、そんな彼と一緒に前を向いていこうとするエーレンさん自身の幸せのために。

確かにミュリエッタさんという存在がいたから、彼女は王城に勤めることができたのかもしれないし、エディさんと出会えたのかもしれない。

だけど起こるかどうかわからないことで、エーレンさんが気に病んでもしょうがない。

それにミュリエッタさんだって軽率に、アルダールに会いに行くような真似はしないと思います。あそこまで注意されてるんだし。

（……しないよね？）

アルダール自身がミュリエッタさんに会いたいって言い出さなきゃ〝ない〟と思うんですが。彼の側から、彼女になにかしら直接話をしたいことがあるとかじゃなければ、そんなことにはならないと信じています。

ほら、デートもしたしペンダントも貰ったし、ってことは私の方に彼も意識を向けてくれているってことですし……。あれ？　そうだよね？　そういうことだよね？

私自身が妙な心配をしそうになるのを振り切って、私はエーレンさんに向かってなんとか笑顔を浮かべてみせました。

「そんなに心配なら、マッケイル殿に会いに行ってみては？」

「エディにですか？　で、でも今は勤務中で……それに、どうして」

「遠くからでも彼の姿を見て、今、自分は彼の婚約者なのだと再確認してみてはどうかしら」

私がそう提案すると、エーレンさんは目を瞬かせました。

私はそんな彼女を可愛いなあと思いながら、素直に思ったことを口にします。

「ミュリエッタさんの影を追ってばかりではなく、これから遠方の地で共に頑張っていく人のことをしっかりと見てみたらどうかなと思って。今、彼はどちらに？」

「……い、今は多分……鍛錬場、だと思うんです」

「鍛錬場」

そういえば護衛騎士隊の女性陣がそんなことを言ってましたね。

新年祭が終わって、騎士団から選抜された騎士が近衛隊や護衛騎士隊に配属替えになるから、訓練期間があるって。

だから全員ではないけれど、一部の人間が訓練の方に向かうので、その時間帯は護衛が最低人数になるから、万が一プリメラさまが城外の視察など、緊急で出られる際は騎士隊から動員してほしいと言われています。

まあその予定はありませんし、そこまで緊急でプリメラさまが視察に出なければならないようなことは起こらないと思っていますので、すっかり失念しておりました。

そうか、近衛隊と合同とかなんとか……そうなるとウィナー男爵が騎士隊に入団するのは、もうちょっと後なのかもしれません。特例中の特例ですものね！

まあ、私は軍部のことについてはわかりませんし、それがミュリエッタさんと絡んでくるのかもわかりませんから、そこは置いておくべきでしょう。

「それではそちらに行ってみては？　少し遅れる旨は、私から外宮筆頭に伝えておきますから」

「ひ、一人は、ちょっと、まだ。怖くて」

「怖い、ですか？」

「はい。あの、鍛錬場の雰囲気が」

「ああ……では、私も一緒に行きましょうか。エーレンさんが嫌でなければですが」

「よろしいんですか？　ありがとうございます!!」

ぱっと表情を輝かせたエーレンさんに、私は思わず苦笑を浮かべました。現金だなあ。

まあ、エーレンさんの戻りが少々遅れることは、途中で会った誰かに言付ければ良い話ですし。

その際に、外宮筆頭には私が誘った旨も伝えてもらうことにしましょう。そうすれば、少なくともエーレンさんが無用に叱られることは避けられると思いますしね。

（それにしても、『怖い』かあ……）

確かに武器をもってぶつかり合う人たちのいるところって、ちょっと独特な雰囲気がありますからね！

エーレンさんは辺境の地でもっと生々しいものを見ているから大丈夫かと思っていたけど、逆か。トラウマっぽいのかもしれない。

そんな感じで騎士の妻としてやっていけるのか心配だけど、まあ王城内でくらい誰かが手助けしたっていいと思うんです。

なんだかんだ結局、エーレンさんの相談を受けたみたいになってるなあと思いつつ。

彼女は彼女なりに、ミュリエッタさんが何か行動を起こすことで、私やウィナー男爵が窮地に立つのではと心配してくれたようですからね。

その気持ちに対して私も行動で感謝を示すとしましょう。

（でも、なにか忘れているような？）

……あ、待てよ。

近衛隊も合同だって言ってましたね。

ってことはですよ。

……アルダールに見つかると、また「ユリアは甘い」って説教されるコースが待っている……!?

でもここで今更、ようやく顔色も戻って、ふにゃって笑った美人の期待を裏切るなんてこと、できるだろうか？

いや、できない。

まさに前門《ぜんもん》の虎、後門の狼状態です……。

私ったら、なんて迂闊《うかつ》なのでしょう……！

第三章　取り巻くあれこれ

エーレンさんと一緒に鍛錬場の見学へ行く、そしてアルダールには見つからないように。

このミッションは難関だ……と思いましたが、ふふふ……私、閃《ひらめ》きました。

そうです、素直に鍛錬場に足を運ぶことはないのです!!

騎士隊の管轄地に、侍女が歩いていることは別に不自然なことではありません。騎士隊のお世話を担当する侍女が当然いますから。

しかしそれが見慣れない侍女だとすれば、不審に思われますよね。

それに一応ほら、私は筆頭侍女という立場で、それなりに顔が知られています。その上、アルダールとの関係も隠してはいませんから、知っている人は知っているでしょう。

だから目立ってしまう可能性は否めません。

その上、エーレンさんはエーレンさんで、園遊会で疑惑の目を向けられた人物ということで、騎士隊預かりにもなった人です。

そんな我々が、真正面から鍛錬場に行くなんて、注目を浴びること間違いなしです。

(そんなことは避けたいよね！)

それにエーレンさんは休憩中、私も時間の合間を縫って……という状況ですので、あまり長く持ち場を離れていられません。なんてったたって職務中ですからね。

というこことはですよ？

頭は使いようっていうじゃないですか、同様に私の特権だって使いようだと思うんですよね！

物は言いようだっていうツッコミは受け付けません！

「あ、あのユリアさま、ここは……？」

「しっ……ここは鍛錬場を高位の方がご覧になる際のお部屋、その控えの間です」

新兵訓練、初日でしたらば、どなたか鍛錬場を御見学なさっていたかもしれませんが……今日はどなたもいらっしゃらないことは確認をとりました！

ということで、その控えの間……つまりお付きの方々や侍女侍従が控えるための小部屋からも、実はその様子が見られるんですよ！

これは筆頭侍女である私とか、高位の方についていらっしゃる方ならば経験があるわけですが、エーレンさんは外宮の、来客の対応などが中心のお仕事だったでしょうから、耳にしたことがある程度なのでしょう。

今回は私の権限で、少しの時間だけ控えの間を使うことにしたのです。

（さすがに観覧の間で見ようなんていう度胸はないので控えの間に来ましたが、十分見えますね……）

ええ、ええ。ここからなら騎士たちも、そこまで注意を払ってはいないことでしょう。こっそり見るんですよこっそり。

遠目に見るだけですからね、それなら別に直接じゃなくていいんですよ！

ほらー冴えてるでしょう、私!!

とまあ一見冷静を装っているだけですからね、エーレンさんが「さすがです！　私のためにわざわざありがとうございます……！」とか言ってくれても全然違うのよ？

鉄壁侍女とか呼ばれたり、冷静沈着だとか言われるけど、本当は違うんだけどね!?

アルダールに見つからないようにとか、すぐに仕事に戻れるようにとか、そういう打算からなんですよ。

まあ、わざわざ褒めてくれているのに否定しても、謙遜《けんそん》だと思われてきっと受け入れてもらえないでしょうから、私は頷くだけにとどめておきましたけど。

（内心こんなだってバレたら、どう思うのかしらね……？）

いやまあ一部の人たちは私がこういう性格だっていうことを知っているんだと思うけど。王太后さまとか王弟殿下とか。そして面白がられているフシがあるけども。

それに、エーレンさんは純粋な気持ちで私を誉めてくれてるんだから、ここであんまり否定するのも嫌味に取られかねないし……悩ましいところです。

「合同訓練で人数が多いとはいえ、隊服で見分けがつくのはありがたいですね……えっと……マッケイル殿はどこかしら」

いくら控えの間からとはいえ、あまり堂々と窓にべったり引っ付くわけにはいきません。

やはりね、王城で働く者としてみっともない姿を見られるというのは、色んな意味で士気にかかわるってものですよ。騎士隊の方々だって、ちらちら見てるのがいたら思わず吹き出しちゃうかもしれないでしょう？　びっくりする方が先かしら。

とりあえず二人でこっそりと覗き見たところ、眼下の鍛錬場には多くの騎士たちの姿があって、なかなか人を探すのは大変だということがわかりました。

思わずエーレンさんと顔を見合わせて、どうしたものかと再び騎士たちに視線を戻して、探すことにしつつ私は小さく声を掛けました。

「あまり覗き込んでは、あちらにも気づかれるでしょうから、あまり身を乗り出さないようにしましょうね」

「はい。今はどうやら新兵を相手に一対多の訓練、というものでしょうか……？」

「そうなのかしら。私も騎士の訓練についてはよく知らないのだけど……」

「私も詳しくはないですが……見た感じそうかなって」

女二人で首を傾げつつ、向こうにばれないように……となると、どうしてもこっちからも見えづらいわけで。これ、正面から見てもどこに誰がいるのか探すのは大変そうです。

喩《たと》えるならばあれです、修学旅行とかで同じ制服の中から友達を探す、あの大変さっていえば伝わるでしょうか？　どこ見ても似た格好の人がいっぱい！

そんなこんなで、こそこそとカーテンに隠れつつ二階から下を見る姿はあれ、なんだかちょっと滑稽な感じ、或いはストーカーっぽい感じがしますかね？

いいえ！　これは正統派な女子が、憧れの男子がいる部活動を眺めるアレに似た何かです。アレってなんだろうとかは、もうこの際考えませんが、とにかく疚《やま》しいことではありません。

それにしても一対多とか、そんな訓練もするんですね。まあ当たり前か……。

賊が侵入したとして、相手が一人とは限りませんからね。騎士たちはそれに対して即時行動がとれて当然と、そう心構えをしているわけですから。

そういう点では、私たち侍女からすると『敵が出た際に気を付けるべきこと』という教えはいたってシンプルです。

とにかく逃げること、伝達すること、捕まった時は情報を簡単に喋ってはならないこと、主に万が一、危険が差し迫った時は身を挺してお守りすること……そういうことばかりですから。

要するに対峙《たいじ》しようなんて考えないでいいから、本職の武人にいち早く伝えて主を守りなさいってことですね。わかりやすい！

（……よく考えたら私、騎士隊側にあまり足を運んだことないんだなあ）

護衛騎士の女性陣とは勿論、よくお話もしますし、中でもメッタボンの彼女ということでレジーナさんとは冗談だって言い合うくらいには仲が良いと思います。

ですが私は彼女たちが訓練しているところとか、剣を抜いているところなどは見たことがありません。

いいえ、勿論ないのが当然っていうか。普段プリメラさまのお傍にいる彼女たちが剣を抜くことが、見慣れるほどあったら逆に困りますから！

それに私は侍女ですし、なにより王城内でそんな騒ぎがあってたまるかって話ですが。

あの園遊会はとんだハプニングで、前代未聞と言っても良いくらいです。

それに加え、陛下はプリメラさまに争いごとをあまり見せたくないということで、プリメラさまは武闘大会を観戦なさることもなく、それに伴い侍女である私も今まで見たことがなかったんですよね。

まあプリメラさまも、武闘大会とかは怖そうだからと興味を示されなかったので問題ありませんでしたが、もし行きたいと仰っておられたら、こういう風景をわたしもよく見ることになっていたのでしょうか。そう思うと不思議ですね。

プリメラさまが守られるのは当然ですので、今まで気にしたことはありませんでしたが、ふと気づきました。

（……あら？　もしかして私も割と箱入り娘状態とかだった……？）

今更ながらとんでもない事実に気が付きました！

だってそうですよね。仕事場は王城の奥にある王女宮で、少女時代から過ごしていて、プリメラさまと常に一緒にいるんですから……。つまり私もオマケですが、守られている立場。

（なんてことでしょう、私はまさかの箱入り娘だった？　ある意味深窓の令嬢ですね⁉）

世間知らずのお嬢さまだったなんて驚きです……。

ちょっと新たな事実にショックを受けつつも、窓の外の騎士たちの整然とした動きを、私たちはドキドキしながら眺めていました。

私にとって、騎士たちが武器を振るう姿を間近に見るのは、この間の園遊会ぶりでしょうか。

今回はあの時みたいに実戦ではないので、あんな怒声飛び交うものではありませんから、見ていて安心です。

でも実はあの騒ぎの中、必死だったし最終的に気を失った私はあまり覚えてないっていうか……。モンスターは怖かった、それしか覚えてないっていうか。

うーん、そう思うとあまり……やっぱり武装した方々が鍛錬に励む姿は、ちょっと怖いなって思います。

一応これでも領主の娘ですからね、実家にいた頃も護衛を兼ねた家人がいて、彼らが武装している姿は見たことがありました。ですが戦っている姿は見たことがありません。

まあ護衛されて、そんな戦闘シーンを見るとかあってたまるかって話な上に、穏やかな土地でしたから……平和って素晴らしい。

（しかし、そう考えると初めて間近で見た戦闘が対モンスターとか）

色々と複雑な気分です。

そこに思い至ると、改めて騎士の方々には頭が下がる思いですよね。あの恐ろしいモンスターだけでなく、夜盗ですとか盗賊団ですとかの討伐だって行うわけでしょう？

（ゲームの中ではほいほい戦ってますけど、怪我だって当然するでしょうし……って、あれ？）

そんな風に考えながら騎士たちを見ていて、私はふと気づきました。

傍らでエーレンさんもぱっと表情を明るくして私の方を向きます。

「エディがいました！」

「え、ええ……」

エーレンさんが指さす方をちらりと見れば、整列している中に確かにエディさんの姿がありました。

でも私が気になるのは、その一対多で訓練をしようとしている騎士たちの、その一人で戦う側……あれってアルダールじゃありませんか。

いえ、アルダールが強いとは聞いてますが、え、強い人ってそういうこともするの？　デモンストレーション的な？　いえ他の方もやるんですよね？

そんな私の不安というか疑問が強まる中、エーレンさんはもうエディさんしか見えていないようです。

「……そうですね、私、あの人の妻になるんですね。ああして護衛騎士隊の中で凛々《りり》しくしている姿を見ると、改めて……私……あの人の道を、潰してしまったんじゃ……」

「それでも、貴女に傍に居てほしいと言ってくれたのでしょう？」

「はい」

「それを受け入れたのならば、貴女は騎士の妻になるんでしょう」

「……はい」

エーレンさんの不安そうな声に、私はもっともらしいことを言ってみました。

まあ私自身、まだまだ悩みも尽きない未熟者ですから、『しっかりしなさい』というような叱責にも似た激励はできませんでしたので、ただ事実を述べただけですが。

でも、私の視線はアルダールに釘付けです。

私には強い弱いとか、剣がどうのとか本当によくわかっていません。

ただ、アルダールが剣に手をかけて、周囲の騎士が彼を取り囲む。その姿を見ただけで不安を覚えて、思わずカーテンを強く握りしめました。

大丈夫、これは訓練。

そう、アルダールは強い、頭ではわかっているのに。

「……あれは、バウムさまですよね?」

「ええ……」

「次期剣聖という噂もある方ですから、こういう時は駆り出されるのかもしれませんね」

「……そうね」

「あの場に選ばれるということは、やはりお強いのですね。きっと他の騎士が束になってかかっても敵わないのかもしれません。……きっと大丈夫です」

エーレンさんはエディさんの姿を見て、落ち着いたようでした。

そして私の視線の先に気が付いたのでしょう、控え目にアルダールは強いのだから大丈夫だと励ますように言ってくれました。

私の様子に気づいて、気遣うように言ってくれたことは素直に嬉しい。少しだけ、カーテンを握る手が緩んだのを自分でも感じました。

ですが……、安心は、なぜかできませんでした。

どうにも視線が離せなくて、私は食い入るようにアルダールの姿を見つめました。

（あの人が強い、というのはそりゃモンスター相手に無傷だったんだからわかってる。わかっちゃいるんだけど、なんて言えばいいんだろう。こう、怖い……に近いのかな？）

怪我をしてほしくないとか、負けてほしくないとか、そういう気持ちのほかに、何かがあって、胸の中でぎゅぅってなるんです。

（もしかすると私は、アルダールに剣を持ってほしくない……？）

違うなあ、だって彼が騎士でありたいと言っていたのを知っているし、それはそれで大事なことだって思ったんだもの。

騎士として誇らしげにある彼を見て、私も嬉しくなったんだもの。

（じゃあ、なんで）

私の疑問は、晴れないまま。

アルダールに対して、騎士たちが一斉に向かっていくのが見えました。

カーテンを握る力が、思わず強くなってしまって、きっとこれ皺《しわ》になったんだろうなあってちょっとだけ思いましたけどね。

後で謝るから！　誤魔化したりなんかせず謝りに行きますから!!

だってね？　命に関わるような訓練じゃないってわかってるけど、しょうがないじゃないですか。

怖いんだもの。

（でも……なんで私、こんなにモヤモヤするんだろう）

アルダールが強い騎士だから、そう評価されるのは喜ばしいことなのに。それを素直に、どうして喜べないのでしょうか。

私の中で答えが出ないままに、訓練が始まりました。

でも、……そうですね、ありのままに見たことを、正直に表現するとですね。

一瞬とは言いませんけども、これが俗にいう話にならない……ってやつなんでしょうか。

私が瞬きしている間に、複数の人があっという間に地面に倒れてるわけですよ。

なにがどうしてそうなった、まさにそんな感じです。

ぎゅっと握ってたカーテンをもう一度握り直しちゃったよね、あまりの理解できなさに。

（え、あれ何が起こったの⁉）

驚いている私をよそに、隣でエーレンさんがホウ、と感嘆のため息を漏らしました。

あれ、彼女はそういうのわかるんですかね……私はさっぱりだったんですが。

エディさんの訓練を間近で見てるからなのか、それとも冒険者とかと接した経験があるからなのか。うん？　なんか悔しいかも？

「……さすが、次期剣聖と呼ばれるほどの方ですね……‼」

「え、ええ……」

そういうものなのか。いや、そうなんだろうけど。

アルダールが戦っている姿というのはモンスターを切り伏せたあの瞬間くらいなもので、あの時はもう私に余裕なんてなかったから記憶にほとんどないわけで……。

だから、今、こうして改めて見て……も、さっぱりわからない！

とりあえず、とんでもなくすごいってことはわかったけど。

(前世でも武術とかは縁がなかったしなあ、映画で見るとかそんなもんだったし……)

とりあえず、そういうレベルだったということです。

そりゃこういう場で駆り出されるなあって納得です。納得だけど、まだモヤモヤもしています。

あの場に駆り出すのはなんで、アルダールじゃなきゃダメだったのかなって。

(本当に、なんでモヤモヤするんだろう)

「ユリアさま？」

「……もう、行きましょうか。これ以上ここにいたら見つかってしまうかもしれません」

カーテンからそっと手を離すと、案の定……皺が寄っていて、後で謝罪しようと何度目かの決意をしつつ、できる限りその皺を手で延ばしてみました。

まあ、無駄な努力だったんですけどね……。お詫びの品も考えた方が良いかしら、とほほ。

とはいえ情けない顔を見せてはいけないと、エーレンさんにはなんとか笑顔を見せて言葉を続ければ、彼女もすぐに窓から離れました。

「咎められることはないでしょうが、騎士隊にご迷惑をおかけするわけにはいきませんから。集中がその程度で削がれるなどとは思いませんけれど」

「あ、……はい、そうですね」

「それに、エーレンさんもそろそろ戻らないといけませんしね」

そうです、私は勤務中でエーレンさんは休憩中。

思いのほか熱中して訓練を見学してしまいましたが、いつまでもこうしているわけにはいかないのです。

「わ、私は大丈夫です！　ちゃんと外宮のみんなに謝ります！　むしろユリアさまにはここまでご一緒していただいて、そちらの方が……!!」

「いいえ、貴女の悩みが少しでも軽くなったのなら良かった」

あの騎士たちの姿は、この国の中でも少数の、栄誉ある姿。

だけれど、彼女が知る騎士の姿でもあって……そしてその姿は、エディさんが騎士としてその姿勢でいる限り、きっと辺境の地へ行こうと変わることはないのでしょう。

その隣に立つ彼女が、騎士の妻としてどのように生きていくのかまでは私にはわかりませんし、もしかすると今後会うことはないのかもしれません。

それでも、少しでも彼女が『ミュリエッタさん』のことばかり考えて、未来を忘れてしまうことがないようにと思わずにはいられなかったんです。

どうしてそこまで、エーレンさんは彼女のことを気に掛けるのか。恩があるからと言って、そこまでその人のことで人生を狂わせるほど頭を悩ませるものなのでしょうか。

私には、まだよくわかりません。

ふと視線を鍛錬場に戻すと、ぱっちりとアルダールと視線が合いました。

（えっ、なんでこっち見てるの？　いつから気づいてたの⁉）

エーレンさんと並んでいる姿に、彼がちょっとだけ眉を顰《ひそ》めた気がしますが、私は思わず人差し指を口元に添えて『ナイショ』みたいにしてしまいました。

（あ、うん。対応間違えた気がする）

瞬間的にそう思いました。いえ、多分あたらずとも遠からずじゃないでしょうか？

ちらっとしか見えないですけど、アルダールの目が怖かった気がするんです。

ま、まあ、ほら！　危ないことはしておりませんし⁉

エーレンさんとだって、まあ……あんまり親しくすると変な勘繰《かんぐ》りを受けるんじゃないかってアルダールから心配されたばかりですが。

そしてミュリエッタさんも、確かにその連なりの延長線上にいると思うと……あ、うん。

今更ですが、ちょっと胃が痛く。

いえ、でも後悔はしておりません！

だって、穏やかに笑って私と別れたエーレンさんの姿を見たら、間違いじゃなかったと思うんですよ。

（……という言い訳が、後でアルダールに通用すればいいけど……）

あの人、なんだかんだ心配性だよなあ、そう思います。ディーンさまに対してもそうだよね。

私に対してもそういう態度を見せてくれるのは、恥ずかしいけどまあ嬉しい。

でもほら、仕事上エーレンさんを無下にできない立場ってものもありましたし、王城で働く侍女っていう同僚だからやっぱりねえ、ほら？

いやきっとアルダールだってわかってくれるに違いない。エディさんとは良い友人関係になったと言っていましたし。

わかってくれると信じてます。

……信じてますよ‼


自分の執務室に戻ってすぐ、緊急の書類や誰かが訪ねてきた形跡がなかったことを確認しました。

そうして一安心だと胸を撫で下ろしてから、私は気持ちを切り替えてプリメラさまのお部屋へと、やや早足で向かいました。

(遅れていないといいんだけど)

そろそろ神学の授業も終わるはずですので、急ぎお茶の準備をしていくと、本日の担当として給仕についていたセバスチャンさんが顔を覗かせました。

そして私の顔を見てにっこりと笑みを見せてくれました。

どうやらタイミングばっちりだったようです。

(ふふふ、さすが私！)

などと自分で自分を褒めつつ、セバスチャンさんにお茶の道具を預けます。

あくまで今日の給仕役はセバスチャンさんですので！

ちらっと室内を見た感じではプリメラさまが、授業を終えた大司教さまと和やかにお言葉を交わされているご様子でした。

（あぁー可愛い。尊い……！）

新年祭での神事を終えて日常に戻られたプリメラさまですが、やはりこうして少し離れた場所から改めてそのお姿を見ると、随分大人っぽくなられた気がします。

身長が伸びたとかそういった成長は勿論ですが、精神面でもどんどん落ち着きのあるレディの風格をお持ちになられているように思います。

普段の勉強だけでなく、きたる公務に向けての予行などをこなしてらっしゃる姿はまさに誰が見ても恥ずかしくないプリンセス。自慢の我らが姫君なのです!!

思わず感動する私の傍に、給仕中のスカーレットがやってきました。

「ユリアさま、ワタクシ、この給仕が済みましたら次のお仕事が欲しいですわ！」

「あら、どうしたの？」

勿論、私だけでなく帰省から戻ってきたスカーレットも給仕しながら、プリメラさまの成長を感じているのでしょう。

それに触発されたのでしょうか。自分ももっとステップアップしたいという視線を、私に向けてきましたが……。

（いやうん、そんな目で見られても、書類仕事ってそう増えるものじゃないからね……？）

むしろ何もない時期に、急激に書類仕事増えたら逆にヤバいでしょ。何が起こったって話になるじゃないですか。

「うーん、考えておきますけど……今はないわね」

「そんな！」

「そんなに暇を持て余しているなら、セバスチャンさんに紅茶講義でもしてもらったらどうかしら。お願いしたらすぐにでも……」

「やっぱり結構ですわ！　給仕に戻らないとなりませんからこれで失礼いたします‼」

提案を言い終わる前に、スカーレットはさっさと室内に戻っていきました。スカーレットは俊足ですね。うん。

……セバスチャンさんの紅茶講義で嫌な思い出でもあるんでしょうか？

おかしいなあ。私も昔、教えていただきましたけど、そんなに恐ろしいことなんてなかったと思うんですけども。むしろ懇切丁寧でわかりやすかったし、ご褒美のおやつはちょっとした楽しみだった懐かしい思い出です。

（まあ、いいか……）

これもまた平和な日常風景ってやつですものね。

私も実家に戻るための前準備など、色々と考えておかなくては。

お土産にと注文したミッチェラン製菓店の新作は、出発前日の夕方には執務室へ届けられるだろうし、今回はただの帰省だからドレスとかを持っていく必要もないはずですし。持ってこいっていう連絡もなかったから平服を何着かで十分でしょう。

あ、でも今思い出したけど、まさか……お義母さま方の親戚とか、セレッセ伯爵さまとお近づきになりたいからって、無理矢理顔合わせに混じってこようだなんてしないですよね？

（可能性は考えておくべきかしら。……そこのところ、お義母さまから特に連絡はなかったと思うけど……お義母さまからしたら実家だものねえ）

そこはちょっと気になるけれど、まあ帰ってみないとわからないので、あまり考えすぎてもしょうがありません。

（帰省用の馬車も、きちんと早くから予約してあるし……）

一通り脳内で準備内容を思い浮かべて、後は最終確認をするばかりです。何事もなく帰省してさっさと王女宮に戻ってきたいものですね。

そんなことを考えて歩いていると、見知った顔が廊下にいるじゃありませんか。

「あら、クリストファ！」

「……ユリアさま」

「どうしたの？　お使いかしら？」

「ううん」

私の執務室側のドアの前で、クリストファがぽつんと立っていました。

宰相閣下からのお使いかと思ったのでそう尋ねたのですが、彼は相変わらずの無表情なままフルフルと首を左右に振りました。可愛い。

「新年の、ご挨拶」

「まあ、そのためにわざわざ？」

「今年も、よろしくお願いします」

ぺこりと頭を下げる姿は可愛らしくて、思わず口元が綻びます。

「はい、こちらこそ。……時間があるようでしたら、ホットミルクを飲んでいきますか？」

「飲む」

「じゃあどうぞ」

あぁー和むよね!!

執務室に招き入れて、いつものホットミルクを用意すると無表情ながらクリストファは嬉しそうに受け取って飲み始めました。

ふぅふぅと息を吹きかけて冷ましながら飲む姿は、なんとも愛らしいではありませんか！

今年は新年から、本当に良いことづくめです。

勿論、良いことばかりだというお花畑な考えではありませんよ。

脳筋公子のこともありましたし、ミュリエッタさん問題が片付いたなんて甘いことは思ってませんし、メレクの結婚だってまだまだなにがあるかわかったもんじゃありませんけどね。

まあ、親戚問題とか浮上してきてもそこは私ではなく、お父さまとメレクの出番ですが。

「あのね、これ」

「え？」

「新年祭の、贈り物。遅くなっちゃった」

「まあ！　良いのですか？」

「ユリアさまに、あげたかった」

「……クリストファ、どうしましょう。私は何も用意してなくて」

差し出された小箱、それに対して私が返せるものがありません！　なんてことでしょう!!

慌てる私に、クリストファはまた首をフルフルと振りました。

「……いい。あげたかっただけだし、いつも、ホットミルクとか、お菓子とか……もらってる、から」

「クリストファ……」

「だから、あげる」

「ありがとう、クリストファ」

ああー可愛いわぁ……!!

メレクは勿論可愛いけど、クリストファも歳の離れた弟みたいに思っています。

思わず頭をそっと撫でてしまって、彼がびっくりした様子でしたけど、嫌がられなくて良かった……!!

クリストファが帰った後、私は執務室から自室に移動して彼からの贈り物を開けてみました。

だって早く開けたかったんですもの。

小箱には可愛らしいポプリのビンとハンカチが入っていました!

(わあこれ、このポプリは手作りかな？　良い香りがする……!!)

可愛らしいことだと嬉しくて嬉しくて。

ポプリをどこに飾ろうか、匂い袋を作ってそこにも入れようかなんて私は暢気《のんき》に浮かれていたと言いますか。

「はい……あっ」

聞こえてきたノックに、誰かと聞くこともなく思わず出ちゃったりなんか、迂闊です。

ええ、反省しておりますとも。それとは別に思うんですよ。

（あっ、これやばいパターン）

ええ、うん、あのね。何がヤバいのかって、ノックの主はアルダールだったんです。

まあそこはね⁉

仕事が忙しくて久しぶりに会いに来てくれた恋人、嬉しくないわけじゃありませんよ。

ただほら、ね？　明らかに怒ってるっていうの？　笑顔なんだけど不機嫌そうっていうのが一目でわかるから、こちらとしてはびくつかずにはいられないっていうかですね。これ、不用心だからってだけじゃない不機嫌さですよね⁉

「……ノックの相手が誰かも確認せずに出るのは、不用心じゃないかな？」

「あ、アルダール……すみません、つい」

「まあ王城内だし安全だとは思うけれど、気を付けてほしいな」

挨拶もせず注意からされちゃうしね⁉

いやまあアルダールが言っている内容が正しいので、私も言い返したりはいたしません。良い大人はちゃんと反省し、次に活かすものなのです。

それに、今回は彼が不機嫌な理由に心当たりがあるわけですし……。

「あ、アルダール、あの、お仕事、お疲れさまです」

「うん、ありがとう。ところで、入ってもいいかな？」

「……え、ええ、どうぞ」

深夜というほどじゃないにしろ夜に、自室側にお客さま、もとい恋人を招き入れるというのは、どうにも背徳的な何かを匂わせるような気がしますが、そこんとこどうなんでしょう。

勿論やましいことなんて、そんなことありませんけど！　ありませんけど……。

(あっ、でももうキスはしたし、ないとは言い切れない……？)

むしろどこかの誰かが夜に恋人の部屋に入っていく姿を見たら、そういうことになっていると思われても仕方ない……⁉

いえ、アルダールと恋人関係なんだから、まあそういう風に誤解されたとしてもしょうがないかなとどこかで思ってますけど！

それとは別に、ここは使用人区画とはいえ王宮側なんだから、誰かに見られるリスクも少ないはずだってどこかで思ってますけど‼

そんな私の葛藤など知らず、アルダールは部屋に入ると少しだけ表情を和らげて微笑んでくれました。

思わずこっちもほっとしました。イケメンの不機嫌な顔は綺麗だけど怖いんだもの。

あれ？　でも今なんかドアの鍵かけませんでした？　あれあれぇ⁉

「あのアルダール？　今、何か鍵を……」

「ああ。うん、かけたね」

「何をしれっと⁉」

「いや、ユリアだって普段はこちらの部屋は鍵をかけるって言ってただろう？」

「それはそうですけど！　あれ？　いやでもなんか違う⁉」

なにかおかしなことを言ったのかってくらいしれっと言いましたけど、やっぱりなんかおかしい

ですからね⁉

さすがに誤魔化されませんよ‼

ま、まあ鍵を開けっぱなしというのは不用心ですから、いいのかな。いやでもアルダールが一緒なら大丈夫な気もしますけど。

あれ、でも男女で密室ってまずくない？　言い訳のしようもないんじゃゃ……。

「まあまあ。何かやましいことがあってのことじゃないし、勝手に入ってくるような人はそういないだろうけど、前にもあったから念のためね」

「……う、うーん？」

まあ確かに恋人同士の語らいなんぞしてる時に、またスカーレットの乱入とかあったら恥ずかしいですしね、私が。

（うん？　あれ、結局アルダールのいいようにされている……？）

い、いやいやそんなことはないはず。そうよ、私がちょっとだけ後ろめたいから、あんまり強く出られなかっただけの話です！

それにほら、アルダールは正しいことを言っているわけだし……？

うん？　本当に正しいのかと問われるとちょっと自信が……？

「ほら座って」

若干混乱する私に、アルダールが椅子を勧めてきました。

ちょっと待って、この部屋の主は私のはずなんですが。

「いえ、ここ私の部屋で……今、お茶を淹れますね」

「ありがとう」

ニコニコ笑うイケメンの破壊力よ……‼　苦情を言おうと思いましたが、言えませんでした。もうチキンと呼ばれても言い返せない。

だって、言い包められる未来しか見えなかったんです。仕方ないじゃないですか！

仕事が終わってから着替えてきたらしく、ラフな格好だしさ……。いつもと違う格好をされるとそれだけで動揺するあたり、私はやっぱり小心者なんですよね。

それにしてもさっきまでの不機嫌は一体なんだったのかしら。いえ多分この後お説教が待っている気がする、うん間違いない。

美味しいお茶とお茶菓子で懐柔《かいじゅう》……できないかなあ。無理だろうなあ。

「どうぞ」

「ありがとう。……ところで今日、鍛錬場に来ていたね？」

（きた！）

やっぱりです！

やっぱりその話題でしたね、知ってました。ええ、予測済みですとも。

こんなこともあろうかと脳内シミュレーション済みです。抜かりはありません！

焦りは禁物、まずは落ち着いて頷いてみせました。

「ええ、よく気が付きましたね」

「ちらちらと人影が見えてはいたからね。……で、何をしていたんだい」

「エーレンさんが鍛錬場に行くのは気が引けるというので、私が持つ筆頭侍女の権限で、あの部屋に入って見学していたんです」

「……ふうん？」

私がかいつまんでそれまでの経緯……つまり、エーレンさんがエディさんと共に行くこと、それを改めて認識してもらうために行ったのだという話をすれば、アルダールはただ頷いただけでした。

え、あれ？　思ったよりも簡単にお説教を回避できた？

いやあのニコニコ笑顔には裏がある！　そう私の本能が告げている⁉

そんな能力持っているなんて話、生まれてこの方聞いたこともなければ感じたこともありませんけど。

「ねえユリア？」

「はい」

「そこの小箱はなにかな？」

「これですか？」

あれっ、やっぱりお説教は回避？

ちょっとほっとして、私は先程クリストファからもらったばかりのポプリとハンカチを小箱から取り出して、アルダールに見せました。

「クリストファがくれたんです！　こうして職場も違う子に慕われるというのは、とても嬉しくてありがたいものですよね……！」

本当にありがたいですよね！　だってクリストファは宰相閣下の、というよりは公爵家に仕えている子ですから。

私がついつい声を掛けたりしたのがきっかけとはいえ、こうして新年の贈り物をくれるくらい慕ってくれるというのはとても嬉しいです。

口には出しませんが、弟のように思っておりますから。だって可愛いんだもの……!!

だからお返しができなかったのはちょっぴり残念ですが、その分、彼が今度遊びに来た時には美味しいおやつを用意してあげようと意気込む次第です。

「そうか。……うん、良かったね？」

「はい！　あ、れ、あの、アルダール？」

「うん？　ほら、こっちへおいで」

「いやいや、えっと」

「こっちへおいで？」

優しい声に手招き。人が見たら、恋人がただ甘やかに呼んでいる……と思うでしょう。

でも違うぞこれはなんか違うぞ、私は知っているぞこれアルダールが意地悪な時の、というよりはあの新年祭の時の甘ったるいお説教と同じ匂いがする！　これは危険だ……!?

でもこれ、行かなかったら絶対アルダールが実力行使に出て、もっと酷いことになるパターン。

そう、私は学習する女です。

……ええ、まあ。そう、アルダールの座っている椅子に、別の椅子を持って近づいて、と。これで良いはず。そう思った私が甘かった。

「わぁ!?」

「うん、これでいい」

「こここ、こ、こ、これでいい、じゃないです⁉」

これで満足だろうと、彼の隣に椅子を持ってきて座ろうとした私の腕を掴んだかと思うと、そのまま……そのまま、ひょいって。ひょいって⁉

わぁ力持ちィ～……とかそういう問題ではありません。

私、オン・ザ、膝の上。勿論アルダールの。

椅子は丈夫ですからね、大人二人の体重でも軋むことはありませんでした。わあ、さすが王宮にある一級品の家具ですね。

……って違あああぁぁぁぁう‼

なんですかこの状況！　なんですかこの羞恥プレイ！

「アルダール！　おろして……っ」

「だって会えていなかったから」

「は⁉」

「少しはユリアを補充しないと」

「ななな何を仰ってるんですか！　だめです破廉恥《ハレンチ》です今すぐおろしてください！」

いやいや、キスした仲ですし恋仲ですし、ある意味ありっちゃありなのかもしれませんが、私的にはアウトです‼　そこまで大胆にはなれませんからね⁉

だってあのキスだって、私は別に狙ってやったわけじゃないから、ほらノーカウントです。ノーカンです。

その後のキスに関しては、もう彼に好き勝手されたっていうか。

そんな感じで恥ずかしさのあまり私がじたばたしたせいか、アルダールがちょっとムッとした雰囲気を出しました。

あっ……怒らせちゃった？　思わず心配になって彼の方を見上げれば、ぎゅっと抱きしめられました。

（うわ、うわ……）

「ツレないなあ、キスまでした仲だろう？」

「そっ、れは、そう、ですけど……!!」

でもそれとこれは別だって！

アルダールが拗ねたような声を出すから私が悪いみたいになってるけど、いや恋人としてはここは素直に甘えるのがいいのか!?

いやでも恥ずかしいよね、恥ずかしいでしょこれ。これはあまりにも恥ずかしいでしょ!!

「じゃあ、キスしてもいい？」

「えっ!?」

「だってこの間はユリアからしてくれたじゃないか、だからそこまでなら触れてもいいってことだろう？」

「そっれは!?　そう!?　じゃないっていうか！　違う、嫌なわけじゃないんですけど……！」

「嫌じゃないなら、いいね？」

「えええええ」

あれえええええ!?

アルダールってこんなに強引だったっけ⁉

私が目を白黒させる姿に、アルダールが目を細めて笑う。

あっ、これ、からかわれたんだ……と思った瞬間に顔にかかる影。

「可愛い、けどね……もう少し、警戒しないと悪い男はすぐにそこにつけ入るから、気を付けないと」

「あ、あるだーる？」

鼻と鼻がくっつきそうな距離で、アルダールが笑みを深めました。

青い目が、私のことを見る目が、あの新年祭の日みたいに、いつもと違う雰囲気を讃えていて。

「私みたいな、ね？」

そしてそのまま、私の反論をアルダールがキスすることで封じました。

あれえええええ⁉　やっぱりこうなるのかな⁉

思わずぎゅっと目をつぶった私を宥《なだ》めるように、唇に触れるだけのキス。

最初は体中が緊張で固まってしまったけれど、どうして良いのかわからないなりにゆっくりと、意識して身体から力を抜きました。できているかどうかは別として！

それを感じ取ったのか、アルダールが私の後頭部を掴むようにして深く唇を重ねて、私はただされるがまま。

だんだんとぼうっとしてくる、この感覚。

慣れるはずもない、だってこうやってキスするのなんてまだ二度目だから！

私にはよくわからない、けども。私のキス？　あれはノーカウントです。あんなのアルダールのキスに比べたら、キスじゃない。

そう、多分。おそらく、絶対‼

(アルダールは、キスが上手い部類の人種だ……‼)

何故そう思ったのか？

答えは単純、私が不快だと少しも思わないところ、ですよ。しかも余裕綽々なところ‼

悔しいとかそういう考えは一切ありません。ええ、一切。ないですとも。

(好きだから、いやじゃない……とか、そういう問題じゃない。なんというか、リードされてるってよくわかる)

合間に自分のものじゃないみたいな息が漏れるのがすごく恥ずかしい。

でも、離れたくてもがっちり後頭部を掴まれているから逃げられないし、アルダールが笑っているのも感じ取れてもう……もうなんだコレ⁉

いくら恋愛経験値が低くとも今の状況がどんななのか、そのくらいわかりますとも。ええ。耳年増ですから⁉

いや、まあ、色々知識はありますからして。前世のも含めると結構えげつないことを知っておりますからして。

でも知っているからって、自分が経験した時に〝そうだ〟って判断できたり余裕で実践できるわけじゃないですけどね。それを今、改めて思い知りましたよ。

……悔しくなんて、ないんですからね？

上手ってことはそれだけ場数踏んでんのか⁉　って言いたくなりますけどね？

人の過去はその人のものですからして、ええ、私そこまで愚かじゃないんですよ。

……悔しくなんて、ないんですからね⁉

「や、も、アルダール……も、離してください」

「まだ、もうちょっと」

「も、もうちょっと……⁉」

腰を支えられるようにして横抱きされて。そのままキスを繰り返される。

これなんていう拷問！　いやいや、まあ、その……スキンシップ？　あれ？

でもこれ、スキンシップ過多な気がしてならないっていうか、できたらこの体勢からしてまず恥ずかしいっていうか、もう勘弁してくださいっていうか‼

なんとかして距離を取りたくてアルダールのことを押してみたりとかまあ、色々はしてみたんですよ。

びくともしやがりませんでした。ああうん、予想はできてた。

「大丈夫、キス以外はしない」

「そ、そういう……話、ではなくて……」

なんだかそれ以上のことを匂わすのはだめです、もっと恥ずかしいじゃないですか！

いやいやまあ待つんだ私、そういえば前回の時も『続きはまた今度』って言われてるんだから、続きってそういうことだったんですかね……⁉　あれええええ⁉

「さすがに王宮の部屋で、というのはね……この間はまあ、ちょっと油断もあったから」

「なんだか不穏な言い方ですよね⁉」

「そうかな」

首をこてんと傾げるようにするのは卑怯です。可愛い……！

大人の男性に対する言い方じゃないとは百も承知ですが、可愛い……!!

だけど言っていることはかなり不穏ですよね、王宮の部屋がなんだって!?

アルダールがいたら安心、じゃなくてこの場合アルダールが危険だった!?

「ほら、他のことは考えなくていいから」

「か、んがえてません。アルダールのことです」

「そう？　なら嬉しいけどね」

「ひぇ」

瞼や頬に口づけを落としてくるこの人の甘さは一体どんだけ……!!

そろそろ私の方が脳みそといい体といい、なんだか内側から溶かされてしまうみたいで、怖いんだけど。

宥めるように、教え込むように、うん、そんな感じ。

再びキスされそうになって、思わず互いの間に自分の手を差し込むようにすれば、アルダールの唇の感触が指先にあって。

これ以上はもう溶けちゃうなんて、非現実的なことを思って咄嗟にとった行動でしたが成功したんだ、と思いつつもキスを拒絶するみたいな形になって、内心焦りました。

「ご、ごめんなさい」

思わず謝るよね!!

でもアルダールは一瞬だけきょとんとしてから、にっこり笑った。

「可愛い抵抗だけど、そういうのはあまり役に立たないよ」

「えっ」

「とはいえ、これ以上したらユリアに怒られてしまいそうだから、今日はここまでにしておこうか」

「えっ、ありがとうございます？」

今日はここまで、ってそれもまたなんか不穏な気がする。

でもそれを突っ込んだら、それはそれでやばい気がする。

ここは空気を読んでおとなしく引いて、次からは自室に迎え入れるのはやめよう、私の心臓のために。うん、そうしよう!!

キスがいやだってわけじゃないんですよ、ただほら、ね？

経験の違いを見せつけられて戸惑っちゃうとかドキドキしすぎて心臓やばいとか、色々あるでしょう。

そう、色々あるんですよ。主に私の覚悟とかそういった方面でね？

まあそこで『じゃあいつ整うのか』と問われると、答えられないのがチキンですみませんね、本当に！　ええ!!

アルダールがようやく手を放してくれたので急いで離れましたが、ちょっとむっとした顔してますね。いや、だって恥ずかしいんだからしょうがないじゃないですか。

あーもう、髪の毛もぼさぼさです。

「そんなに慌てて離れなくたって」

「は、恥ずかしいでしょう」

「まだもう少し時間をかけないとダメかな」

「なにがです⁉　いえ、答えなくていいです‼」

「ユリアが許してくれた範囲で、少しずつ、ね？」

なにがだ‼

いやまあなんとなくわかる！

何この甘ったるい感じ……アルダールってこういう人でしたっけ？　いやもしかして恋人には甘々な人なだけなんじゃないかな。

そうです、基本的にアルダールって人は一歩引いた感じで他の人と接する分、身内にはとても甘いタイプなんですよね。

それは恋人もそのカテゴリーに入るってことじゃないかなって。

じゃああれですか？　前回、私がキスしたことで距離がぐっと縮まってアルダールも遠慮がなくなったとかそういうことなんですかね？　じゃあこれ全部、自業自得なんですかね⁉

「……いやだった？」

反応に困る私のその雰囲気を察したんでしょうか。アルダールの方が心配そうにこちらを見てくるから思わず言葉に詰まって、首を左右に振って答えるしかできませんでした。

だってほら……いやじゃない、とか言うとキスしてほしいって言っているようなものじゃないですか。

かなり恥ずかしいよね、それ⁉

「良かった」

でもそんな私のことなんてお見通しでしょうに、嬉しそうに、本当に嬉しそうに笑うからあああああ‼

ああああイケメンってズルいぃぃぃ‼　そんなわずかな表情だけでこっちは心臓がバクバクするのにぃぃぃぃ……。

いやもうこれ、イケメンがズルいんじゃない。アルダールがズルいんだ！

（私……なんで前回この人にキスなんてできたんだろう……？　ホントあの時の自分、なにがあったの……？）

新年祭マジック？　マジックだったの？

「ところでユリア」

「はい！」

パニックに陥《おちい》りつつある私に、アルダールがいつも通りの声音《こわね》で問いかけてきて、思わず背筋を正しました。

そんな私の様子を見て彼がちょっとだけ吹き出しましたが、今回は見なかったことにしてさしあげましょう。

甘ったるい空気から脱せられたのであればそれでヨシ！

「……帰省するのはいつからだったかな」

「来週です。その頃には王女宮も落ち着きますから。今は特別大きなイベントごとはないですけれど、宮を手薄にするわけには参りませんので、長くは帰省しない予定です」

「そうか……見送りに間に合えば行くよ」

「そんな。忙しいんですから気にしないでくださいね？」

「時間が合わなかったら無理をするつもりはないよ。……それにしても、顔合わせの話し合い、か。

ディーンもそうだけれど、メレク殿も家の都合とはいえ良い相手と縁ができて本当に良かった」

「ええ、本当に！」

なんだかんだと言って一般的に結婚適齢期なメレクが良縁に巡り合えて、しかもメレクの様子から察するに、とても上手くいっているんだから私としては喜ぶべきところです。ディーンさまとの友情も続いているようですし、メレクもリア充まっしぐらですね！

ところが素直に喜ぶ私とは裏腹に、アルダールは少し違うようでした。

「……そう、だね」

「どうかなさったんですか？」

「いや」

少しだけ、彼の持つ雰囲気がぴりっとした気がしました。思わず私が怪訝《けげん》な顔をすると、アルダールはふっと笑って安心させるように頰を撫でてきたので、それが思わずくすぐったくて身を引きましたが彼は特に気にする様子は見せませんでした。

「……気のせいかもしれないけれどね。私との関係で、色々とやっかみもあるから……ユリアに、ひいてはファンディッド子爵家に迷惑がかからないといいなと思っただけだよ」

「迷惑……ですか？」

「ユリアのご家族にバウム家の問題が行くことはないと思うし、キース殿……セレッセ伯爵もその辺りは抜かりないだろうし、大丈夫だろうから……ただの杞憂だと思うけれどね」

「前々から思っていたんですが、アルダールはセレッセ伯爵さまとは親しいのですか？　お名前で呼ぶくらいですから、そう思ったんですが」

そうです、以前ご紹介いただいた時から思っていたんです。

二人の話している時の空気っていうんですかね？　アルダールが楽しそうに話す姿を見たので、何となくなんですけれどそう思っていたんですよ。

何気ない質問だったんですが、アルダールは私の言葉を少し考える素振りを見せてから、ああ、と小さく声を漏らしました。

「いや、親しいというか……ユリアは知らなかったんだね。あの方は、かつて近衛隊にいらしたんだよ。私にとっては先輩にあたるんだ。ディーンがきみの弟と仲が良くなったのに続いて、私からすると先輩の妹さんと婚約するんだから、本当にファンディッド家とバウム家は縁があるなあと思うよ」

「まあ！　不思議なものですね……」

メレクが繋ぐ不思議な縁。いえ、良縁なので別に構わないですが。

しかし、セレッセ伯爵さまが武人だったなんて知らなかったわー!!

私がセレッセ伯爵さまを知った頃には、あの方はもう外交官でいらしたから。

え、外交官で近衛隊にいたくらい強いとかすごくないですか？　チートキャラなの？

何で私の周囲の人たちって、チートキャラばっかりなんですかね。

攻略対象者以外もそれって恐ろしい……。

（や、それこそ……今さらか）

むしろ私が王女専属侍女とかいう立場にあって、モブだっていうのが原因なんでしょう。モブなんだからチートじゃなくて当たり前。

逆を言えば、上の立場の人たちがチートでもしょうがない、しょうがない。

しかし、セレッセ伯爵さまが近衛隊の出身者だとは思いませんでした。

なんでも、アルダールが本人から聞いた話によれば、跡目を継ぐまでは好きにして良いと言われて、体を動かすのが好きだから箔をつける意味も含めて近衛隊に入ったんだそうです。

え、実力がないと入れない近衛隊に、そんな軽い感じで入れるものなの？

思わずアルダールを見ましたが、彼は軽く笑って「あの人は規格外だからね」なんてさらっと流されました。

（そんな軽いノリでいいの⁉）

でもアルダールも規格外な感じですよね、最年少で近衛隊入隊した人ですもんね！

それで、前のセレッセ伯爵さまご夫妻が流行《はや》り病でお亡くなりになり、急遽《きゅうきょ》、跡目を継ぐためにキースさまは近衛隊を辞したんだそうです。

その後は持ち前の規格外な能力から、あれよあれよと領内を掌握、でもじっとしているのは性に合わないからと、外交官になられて現在に至ると。

……規格外にも程があるよね⁉

その妹君であるオルタンス嬢が、『兄に憧れて……』ってゲームで言っちゃう理由に納得しちゃいますねコレ!!

そりゃチート過ぎていくら頑張っても近づける気がしないって嘆いたりもしますわ。いくら頑張っても追いつけないですよ、ここまでチートだったら。

（あれ？　でもそのオルタンス嬢は、ゲーム設定と違って私を尊敬しているとかなんとか手紙に書いていなかったかしら……）

そんなお手本ともいえるチート兄が近くにいるのに、なんで私を尊敬とかそういう話になっているんだろう？

（メレクが私に関して、良いように彼女に言ってくれたのかしら。……なにかそんな風に言ってもらえる要素あったかしら？）

お見合いの話とかされるから実家にも寄り付かない、仕事ばっかりの姉だったからなあ……弟には苦労をかけっぱなしだなと反省です、反省。

今回の帰省ではメレクの結婚をより良いものとするためにも、王城で磨いた私の侍女スキルを家人に伝授して、オルタンス嬢を気持ちよくお出迎えしたいところですよね。

さすがに当日は、私が給仕を務めるわけにはいきませんし……。

「……ユリア、また考えごとかい？」

「あっ、いいえ。私はまだセレッセ伯爵さまの妹君にお会いしたことがございませんので、どのようにおもてなしをしたら喜んでいただけるかなって」

「まったく……当日は侍女ではなくて、しかも当主でもその奥方でもないのだから、そういうことを考える立場じゃないだろう？」

「そうですけど……未来の義妹《いもうと》だと思えば、良い顔合わせにしたいじゃありませんか」

「なら余計に、一人であれこれ考えるよりも、ご家族と話をするべきだと思うけれどね」

「あっ……そ、そうですね……」

アルダールが呆れ半分、そんな感じに言ってくるその内容に私は思わず声を上げました。

そりゃそうだ、家族で考えようと思っておきながら、今、私は相当先行した考えをしていたよね。

侍女的思考っていうの？　お客さまをおもてなししなきゃ！　みたいな……。

でもそうですよね、それを考えなきゃいけないのは、本当は領主夫妻であるお父さまとお義母さまでなければ。

ましてや、当事者であるメレクの意見を聞かずにどうこうなんてありえません。

これは反省しなくては……！　なんてこと、私ったら思っていたよりも浮かれていたのですね。

「でもそうやって、家族を想って行動しようとするのは、大事だと思うよ」

「……今アルダールに窘《たしな》めてもらわなければ、とんだお調子者になるところでした」

「そうかな、ご家族は笑って許すと思うけどね。……そういうユリアがいてくれたから、私も家族に向き合えたんだ」

「え？」

「言ったろう、新年祭は君に楽しんでほしくて義母上に相談したと」

「あ、はい」

確かにその話は耳にいたしましたとも。私のために家族と話をしてまでプレゼントを選んでくれたのは、とても嬉しかったですからね！

しかし、今後バウム伯爵夫人にお会いする時には『ああ、この子が……』的な視線をいただくことになるのかなと思うとドキドキものだと思っております！

あ、でも逆に『え、こんな野暮ったい子が……？』と思われないように、今のうちに女子力を身につけたいところです。ここにＢＢクリームがあれば……!!

しかし、そのことと家族と向き合うことは何の繋がりがあるのだろう、とアルダールを見ると、彼は紅茶の入っていたカップの中をじっと見ていました。

「……前にも話した通り、私は出自が出自で、義母上が招き入れてくれたことによって、バウム家の一員として今では認めてもらえる立場になった」

勿論それは、誤解だったと今はわかっているんですよね。

とはいえ、複雑な関係が簡単に解消されてはいないようですが。特に伯爵さまと。

「だからこそ、いつ放逐《ほうちく》されても大丈夫なように、家族に対して壁を作っていたことは事実で、そして周囲の人間に対してもそうだと思う」

さっきまでの甘ったるい雰囲気が、完全に吹き飛ぶほどの内容ですね！

いえまあ、想像に難《かた》くありません。アルダールの生い立ちやその環境を聞いてしまうと、そりゃあ素直に家族ができたって受け入れるのは難しい問題ですもの。

家族関係がそうだったんだから、周囲に依存するかと思いきや、貴族社会での関係性ですものね……いつだって味方とは限らないというのがなんとも悲しい話です。

私だって弱小貴族の娘、そこいらの微妙な感覚くらいはわかっているつもりですが……アルダールは庶子という扱いで、もっと難しいのだろうなと思います。

「だけどね、ユリアを……ユリアにとって良い誕生日祝いにしてあげたいと思っていたから、照れている場合じゃないと思って色々考えた」

そう言いながら再び私に手を伸ばして、ゆるく抱きしめてくるアルダールに、私はそっと身を委《ゆだ》ねるしかできません。

「今まで、親しくなることが怖くて距離を置いていたことで、頼れる友人もあまりいないし、時期も時期だったし……それで最終手段として、家族に相談することにしたんだ」

決して嫌われてはいなかったわけだしね、と苦笑するアルダールはどこか照れくさそうです。

そうして義母であるバウム夫人に相談したところ、家族全員に伝わって、そこから家族の全面協力の元、バウム家御用達の店に……という流れだったわけだそうです。

ですが、そこでなんだか少しだけ打ち解けられた気がする、とのことでした。

わあ、なんだろう。結果論だけど私ったらバウム家とは関係ないところで、アルダールの家族関係に良い影響を及ぼしたってことでしょうか。

きっかけになれたなら、これほど嬉しいことはありません。

「改めて話してみたら、親父殿は、まあ、不器用な人で……反発していた私もただ意地を張っていただけだったんだと思うし、私はきっと変なところが親父殿に似ているらしい」

「……アルダールは、家族思いですね」

「そう、かな？」

「そうですよ。だって……いつ放逐されても良いように、だなんて言いながら」

そんなことを言いながら、傷つけないようにしてきたんだもの。

認めてもらいたかったってのが大きかったんだろうけど、馬鹿なことをしたり迷惑をかけたり、そんなことが一切なかったことがその証拠のような気がする。

家族に対して諦めていたとは思えない。そうだったら、ディーンさまがあんなにも憧れて大好きだって言うはずがない。

それは、彼が、アルダールが、彼なりの不器用な愛情で、家族を大切にしてきた結果。

（ちょっとしたボタンの掛け違いがあって、そこからずれていたものが、今回偶然にも直ったってことでしょう？）

良かった良かった!! アルダールが嬉しいなら、私も嬉しい。

好きな人が嬉しいんだもの、私が喜んで悪いことはないはずです。

「……何で笑ってるんだい」

「えっ、笑ってました？」

「笑ってた。ほら、何か言いかけたよね？」

「いいえ、アルダールが、ご家族と仲良くできたなら……あなたがそれを喜んでいるなら、私も嬉しいなって思ったんです」

「……」

「アルダール？」

「……きみは、……はぁ、まったくもう……」

軽く頭を抱えるようにしてため息を吐き出すアルダールに、私は首を傾げる。

（えっ、何か変なこと言ったかな？）

いやいや何もおかしなことは言っていないでしょ。解せぬ。

「本当にユリアはズルいよなあ」

「ええ⁉」

手で顔を覆うようにしながらこちらを見てくるアルダールに、私は何とも言えない顔をするしかできません。

ズルいっていうのは、イケメンでハイスペックなあなたの方ですよ⁉

と、言いたいけど、ここはなんだかそういうことを言い返してはいけないと、私の空気を読む能力が告げている‼

だがあえて内心では言わせていただこう。

解せぬ。

幕間　願い、祈り、そして

「どうかしたのか？　エーレン」

「いえ、なんでもないわ」

いずれ発つために、着々と二人で準備を進める。新たな地に旅立つことに、不安がないわけじゃない。

昔、辺境から王都に行く時の私は、不安もあったけれど嬉しかった。ただとにかく嬉しかった。

何をしても良いから辺境から出たかった、それが叶うのだから。

だけど、今度は違う。逆に辺境に自分から行く。

それは自業自得なのだけれど、でも私は一人じゃない。そのことに、不安と一緒に感じるのは、幸せ。

新生活に向けての不安よりも、二人で寄り添っていける幸せ。

そう、幸せ。

この人といるのは、幸せなんだ。改めて、この人の妻になれるんだと思うと、不思議なほど満たされた気持ちになる。この気持ちを、忘れちゃいけない。

「エディ。私ね、この間ユリアさまに会いに行ったのよ」

「……なに?」

「お約束をしていただいたのに、それ以外にも訪れるなんて失礼だと思ったけれど、あの方は大丈夫だと招き入れてくださって、お話を聞いてくれたの」

後日のお約束はその分、お断りしておいた。

お忙しい方のお時間を、何度も私が奪って良いものじゃないから。

そのくらいの分別は、あるつもり。

「その時はね、どうしても、……どうしても不安なことがあったの」

「それは、例のご令嬢のことか?」

「……ええ」

私の幼馴染、今や英雄と呼ばれる立場になったウィナー男爵の娘ミュリエッタ……。

彼女がいなければ、私は辺境の地できっと一生を過ごしたに違いない。そしてエディと出会うことも、なかったんだろうと思う。

ミュリエッタが予言した通り、巨大なモンスターが出現した。そしてそれを彼女たちが倒し、王城へ招かれて叙爵《じょしゃく》された。普通の人なら驚くべき躍進。

だけど私は驚かなかった。なぜか『ミュリエッタだから』って謎の信頼感があったから。

当然彼女だって万能じゃないから、今までに結果が違った予言だってあった。

でも、ミュリエッタの口癖、……『みんなをしあわせに』。それが地位を得たあの子なら、実現できるんだと思うと私は誇らしかった。

いつか、その手伝いをしてほしいって彼女には言われていた。

だから、私のような辺境出身の特別なことなんてなにもない女が、それの一端を担うのだと思うと、ものすごいことのように思えていたの。

だけど……。

(だけど、本当にそれは『みんな』の幸せなのかと、疑問を、疑惑を覚えることが増えたのはいつからだったろう?)

初めて侍女として登城した時は、辺境出身者ということで差別されるはずだって予言を信じていた。中央の人間は差別的なんだろうって、勝手に私も思っていたから。

ところが、外宮筆頭さまは私が頑張ればきちんと認めてくださって、褒めてくださった。

私が辺境出身者であろうが、色眼鏡で見るようなこともなかった。同僚たちだって、ほとんどがそうだった。

エディだってそうだ。

勿論、そういう目で見てきた人もいたわけだけど……それでも、思っていたよりもずっと少なくて、逆に戸惑ったことは覚えてる。

じゃあ、ミュリエッタの言っていたことは間違っていたんだろうか？

じわじわと私の中で大きくなっていく疑念。それに対して見て見ぬふりをし続けたけど、周りの親切に触れるたびに私の中の疑念や疑惑が不安となって、気持ちが軋んだ。

（でもそれは、私がミュリエッタを信じ切れなかったってことなんだわ）

王女殿下のことだってそう。意地悪で太っていて、気に食わないことがあると……って彼女からは散々聞かされていた。

だけど、実際はまるで天使のような女の子で、驚いた。私たちみたいな侍女にまで労《ねぎら》いの言葉をかけてくださるような、そんな優しさを持ったお姫さまだった。

そしてそんな王女殿下のお傍に必ずいる、あの方の存在。

「……ユリアさまは、優しい人だわ」

「そうか」

「不安になった私に、エディのことをちゃんと見なさいって言ってくださったの。隣を歩く人が誰なのか、自分が誰の手を取ったのか……改めて言われて」

「……そうか」

初めは、敵だと思っていた。だって、ミュリエッタが『そう』言っていたから。

王女宮の人間、その中でも王女殿下に最も近しい筆頭侍女という立場の女性。

ひっつめ髪で、眼鏡で、見た目はとんでもなく地味で、私はどこか勝ち誇った気持ちでいたんだけど。

でもあの人は貴族で、それだけで私のコンプレックスを刺激するには十分な人だった。

貴族だからって、美貌なら私の方が上なのに。たまたま王女殿下のお気に入りになっただけで、評価されていて羨ましい。私だって貴族の生まれだったなら……貴族でなくてもいい。この国の、それなりに裕福な家庭に生まれていたら辛いことなんて、何一つなかったのにって。

それに加えて当時、エディがなかなかプロポーズしてくれなくて苛立っていた。

そんなだったから、いっそ乗り換えるなら、彼女が最近懇意にしているというアルダールさまを奪ってやろうと思ったのよね。

（実際には完敗だったんだけど）

王女殿下とバウム公子のお見合い、それは上手くいっている。

それをさらに後押しするために、アルダールさまが浮ついた噂の一つも聞いたことのない鉄壁侍女を娶《めと》るために、熱心に口説いているのだとか噂があったわ。

どうせ家のためにと苦労している貴族男性なら、イチコロだと思ったのに甘かった。

むしろ煩わしいと言わんばかりの態度で、私の方を見向きもしないものだから、こちらも意地になっていたんだと思う。

それから園遊会があって、まさか地元に捨ててきた恋人が来るなんて思わなくて、私まで疑われて……こんな予言はなかった。

おかげでエディにもきっと捨てられる、自業自得だとはわかっているけれど、幸せを掴みかけていたのに……と私が絶望を覚えたのはつい最近の話。

でも、窮地に立たされた私を救ったのが、ユリアさまだった。

今回のことも、ユリアさまは嫌な顔なんてせず、私が鍛錬場に行くのを渋ったら、付き添ってくださった。

『王女宮の人間は、きっと辺境出身のエーレンを馬鹿にして、辺境に送り返してしまうわ。だから気をつけてね！』

私を案じるミュリエッタが教えてくれた、予言。

でも私を案じてくれる人は、彼女以外にもいた。辺境出身だって知っても、外宮筆頭さまだって私の行動を叱りこそすれ、見捨てなんかしなかった。

本当に、辺境出身というだけで悪者のように馬鹿にされることなんて、なかった。

『気をつけることは大事です。ですが、案じすぎて貴女が体を壊してしまう方が心配です』

ユリアさまは私が幸せになれるように、優しい言葉をくれた。

同じように案じてくれている言葉のはずなのに、何がそんなにも違うのか。

ミュリエッタは、みんなを幸せにするって言ってた。いつだって自信満々に。

すごく素敵な言葉だと思う。今でも思う。

だけど、それは……それは、〝誰〟に対しての言葉なんだろう……って思い始めてしまったの。

「ねえ、エディから見てバウムさまって、ユリアさまを大切に思っておられるのかしら」

「それは間違いないな。むしろ面倒なくらいだ」

「え？」

「新年祭の時のアルダール殿を見ただろう。お前が筆頭侍女殿に抱きつこうとしただけで威嚇《いかく》してきたではないか」

「同性なのに？　私が、ミュリエッタ……さま、の関係者だからじゃなくて？」

「違うと思うぞ」

呆れ半分、面白半分。そんな感じで笑ったエディは肩を竦めて、それ以上そのことについては語ってくれなかった。

でも、そうよね。

できたら私も、ユリアさまに『幸せに』なってほしいと思ってる。

ミュリエッタみたいにみんなじゃなくて、私はあの人が幸せなら、嬉しいなって思ったの。

……この気持ちが、きっと私がミュリエッタを信じ切っていた、その気持ちから離れていることは自覚している。

彼女との思い出に、ヒビが入ったんじゃないかと思うと、私はいけないことをしているんじゃないのか、彼女を裏切っているんじゃないのかって不安になって仕方ないのだけど。

でも、私は……私が隣にいても良いって言ってくれた、エディと共に生きたい。

「噂なんか、きっとただの噂よね」

「噂？」

「ほら、バウム家で王女殿下を迎えるため『だけ』に、ユリアさまを先に迎えて、親族代表として王女殿下付きの世話役にするために、バウムさまに白羽の矢が立ったのだ……って」

ユリアさまを口説き落としてお家のために尽くしてもらうように、そういう政略的な部分が強いのだと、そういう噂が広まっている。

人の噂は特に下世話なものほど一気に広まってしまうのは、嫉妬や羨望といった負の面が出てしまうからなんだって思うし、だからといってその噂を真に受けるようなことはないのだけれど。

ただ、心配なだけで。

だから安心させてほしくてエディにその話題を振ったら、呆れた顔をされてしまった。

「馬鹿らしい」

「もう！　そんな言い方しなくたって……」

「確かにバウム家で結婚適齢期、関係性も考えればアルダール殿が適しておられるだろう」

エディが真面目な顔で、作業の手を止めて私を見る。

面倒な女だって思ったのかしら。でもちゃんと説明してくれるエディは、やっぱり私にとって良い人だ。

「だが、バウム家には分家はなくとも親族がいないわけではない。探せばいくらでもいるだろうし、彼が難色を示せばいくらでも手はあるだろう」

「そ、そういうもの……？」

「そういうものだ」

まあ養子縁組だとか、色々方法があることくらいはわかるけど。

エディはそれだけ言うと、私の頭を乱暴に撫でた。

「安心しろ、……いや、むしろ安心はできないか」

「え？」

「別れたいとか筆頭侍女殿が願ったところで、無理だろうということだ」

「……私、ユリアさまに恩があるの」

「ああ」

「幸せになってほしいわ」

「そうだな、だが大丈夫じゃないか」

「……そうよね、あの人ならきっと噂になんて負けないわよね？」

ただ、気にかかるのはミュリエッタだけど。

あの子は昔から、欲しいと思ったものは手に入れてきた。

今まで失敗なんてしなかったんじゃないかなと思うと、今回バウムさまに好意を示したということで、そう簡単に引き下がらないんじゃないかって。

そうなったら、せっかく爵位を授かったウィナー男爵さまは、お辛くなられるのでは？

ミュリエッタだってそうなったら、今のままではいられないのでは？

そう思うと、不安は消えない。だけど、もう私にできることはきっとないんだと思うと胸がまた、痛んだ。

（……ねえミュリエッタ、あなたは『みんな』を幸せにしたいって言ってたじゃない。その『みんな』って……誰のことなの……？）

私の脳裏に、鮮やかな薄紅色の髪をした、愛らしい彼女の笑顔が浮かんで消えた。

その表情は、なんでかはっきりと思い出せなかった。

第四章　緊張の、帰省

ちょっとした反省をしつつ、日々を暮らす私です。穏やかな生活、サイコー。

あれからは特に、エーレンさんが突撃してくることもないし、ミュリエッタさん絡みでトラブルの噂も聞かず平和そのもの！

アルダールとの日々のやり取りも……うん、まあ？

一応穏便？　というか。

とりあえず、こう……自衛のためにっていうのもおかしな話ですが、会うのを私の部屋じゃなくて、庭園とか図書室とかにしてみました。

その点については、最初アルダールの方も不審そうにしていたけれど、途中からは私の意図に気づいたらしく……。

とても綺麗な笑顔で「まあ、そのうちね？」って言ってくるようになりました。

やだ不穏!!

（いやあ……うん）

二人っきりになると甘い空気になるからって、あまりあからさまにそれを避けようとするのは、逆に危険かもしれないとさすがに私も感じております。うん。

（おかしいなあ、アルダールってあんなに積極的だったんだ……？）

堅物って噂しか聞いてなかったたし、付き合い始めとかはすごく穏やかだったし……ってあれは私が消極的過ぎてそれに合わせてくれてただけか……。

じゃあなんでってなると、まあ彼も言ってましたよね……私がしかけたことで、そこのラインまではオッケーなんだろう、みたいな。

（いや別にオッケーだったわけじゃないけどね⁉）

まあ、何にも手出しされないってことにも不安は覚えていたからオッケーなのか。私相手にそういうことができるって、したいって思うくらいには好かれてるってことだし⁉

（……いや、別に。うん。噂をどうこうじゃないし？　アルダールから心をくれたんだし。それは信じてるし‼）

自分が好きな人、に。

そういう風に意識してもらえる、というのは嬉しいけど。

正直、経験が足りなくて毎回毎回心臓が持たないんですよね。

だけどそれで飽きられたりしたらどうしよう、とは思うこのジレンマよ……。

世の中の女性って、どうやってこれ乗り越えたんだろうね、ほんと。いや誰も彼もがこんな風に悩まないってこと？　普通に嬉しいだけで受け入れてオールオッケーなのか？

だとしたら私があまりにもこう……モテなさすぎて知らないだけなのか‼

「ユリアさま？　どうかしたんですか？」

「ああメイナ。いいえ、実家に戻るのが少し心配で」

「ああ、今年も雪が凄いですもんね！」

「ええ……でもメイナが戻ってきた時は、除雪作業も進んでいたんだものね」

「はい！　だから大丈夫ですよきっと!!」

またぼんやりと、割と私にとって切実なことを悩んでいると、メイナが心配してくれました。

思わず帰省のことを言い訳にしましたが、確かにそっちもちょっと心配なんですよ。

雪が降り始めて、どんどんと積もっていくのです。

メイナが帰ってきた頃もすっかり雪景色でした。おかげで毎日寒いこと寒いこと！

去年もまあ、このくらいの時期に雪が降っていたし、やっぱり積もっていたし。

その時は帰省しなかったからあんまり気にならなかったけど、今回は雪の中で帰るのかあ……寒いよなあ。

アルダールのことも考えなければなりませんが、帰省の雪も気にしなければいけません！

お父さまの失態の件で戻って以来ですので、しばらくぶりのまともな帰省な気がします。今回は穏やかに終えたいものです。

とりあえず防寒対策はばっちりでいかないと。風邪をひくわけにはいきません。

（みんなにもらった白のファーストールと手袋、あれの出番ですね！）

あれを身に着けるのだと思うとちょっとウキウキしますね!!

とはいえ、浮かれてばかりもいられません。

さすがに今回は、ただの実家帰省だと思っておりません。弟の結婚、その家同士の顔合わせという大事な話の前哨戦《ぜんしょうせん》のようなものですから。

……アルダールも心配していたけれど、弱小子爵家たるファンディッド家に、名家であるセレッセ伯爵家のお嬢さんが嫁ぐとなれば、ね。

……お義母さまのご実家がしゃしゃり出てくるかもしれませんしね。

お父さまが隠居すること前提で、すでに対外的にも話が進んでいますが、それもこれもこの婚約が成立してこそ。

あのお涙ちょうだい物語で、王太后さまが我々姉弟を支援してくださったという話にはなっていますが、たかが子爵家ですからね。

あれは社交界デビューの話だった、ということでちゃんとメレクはメレクで後ろ盾を得る、そのために結婚するのです。

貴族っていうのはそういうものなんだと、私も散々幼い頃から聞かされておりましたし、見てもきましたからわかっていますとも！

そしてセレッセ伯爵家の後ろ盾を得て初めて、未熟なメレクが子爵として堂々たる当主となれるのです。

（まあ、ぶっちゃけると他の貴族への見栄ってやつだけどね）

成人して一人前というよりは、当主としては結婚して一人前っていう風に見られがちですからね。

勿論独身の方もいらっしゃいますが、実績ある方はそれだけで悪い噂など黙らせることができますし、選《よ》り取り見取りにもなりますが。

その点、見栄の意味でも現実での家同士の付き合いといたしましても、セレッセ伯爵さまでしたら安心です。

しかし、元々お義母さまのご実家筋は、お父さまのお仕事関連での上役。

今まで無理難題を言われたことはないそうですが、お父さまの醜聞《しゅうぶん》の際は我関せずどころか嫌味を言ってきていたことはメレクから聞いています。

今回の件でファンディッド家が美味しい思いをするとなると、また別の方向で寄ってきそうですよね。

（まったくもって面倒な方々ですが、貴族社会ではままある光景というのが何とも……）

ほかの人が利益を得るのは気に食わないが、おこぼれには与《あず》かりたい。

そんな方々が実際にいらっしゃるんですから世知辛《せちがら》い。王城でもそういう人はたびたび見かけます。

ですから、帰省した際にはお義母さまのご家族のどなたかがいらしている……なんて可能性も視野に入れておいた方がいいでしょう。

それとは別に私の件も、一応考慮しておいた方が良いでしょう。

私がアルダールとお付き合いしていることは、当然もう家族には伝えてあるし、隠しているわけでもないから貴族間でもすっかり知られている話。

そのことにまで言及してくることはないでしょうけれど、気を付けておくに越したことはありません。

お義母さまのご実家も伯爵位ですからね……色々、もしかすればセレッセ家とバウム家をライバル視しているとかそんなこともあるかもしれません。

なにせ、私の所にまでやってきて見下してくるくらいの人たちですからね！　無駄に矜持が高そうで厄介だと思うのです。

おそらく、見下していた子爵家の人間が、次々に自分より家格的に上の人間と〝お付き合い〟していることを快くは思っていないでしょう。

その辺りのことに口出しはできずとも、無理難題は吹っかけてきそうです。

例えば、親戚付き合いと称して、自分たちもセレッセ伯爵家との顔合わせに同席させろとか言ってくるんじゃないかなぁと私は踏んでいるんです。

まあ杞憂に終われればそれが一番ですが、ある程度悪いことっていうのは、想定しておいて損はありませんからね。対処の時の覚悟が違いますとも！

「ユリアさま、行きと帰りを合わせて一週間の休暇予定で大丈夫なんですか？　今回はただの帰省ではないんでしょう？」

「それはそうだけれど、弟の婚約はもうほとんど決まったようなものだもの」

メイナが私を気遣うように言ってくれたけど、私としてはそれで大丈夫だと思うのです。

だから笑って、大丈夫な理由を彼女に言いました。

「顔合わせを前に、家族で最終確認をするというだけだから。顔合わせ会場がどこになるのかとか、その程度の話し合いだと思うし」

「はぁ……貴族の結婚って大変なんですね！」

「まあ、民間の人から見たらそうかもしれないわね」

メイナの言葉に頷きつつ、私は再び考えに耽《ふけ》りました。

恐らく、その親戚筋が何も言ってこなければ、特に何か起こることもないんでしょう。

余計なことを言って宮のみんなに心配をかけてもいけないし、変な疑惑の目を親戚に向けているなんてどこで知られるかわかったものじゃないし、黙っているのが得策です。

今日も王女宮は平和だから、私としては日誌に書くこともありません。この普段通りの王女宮の空気を、私事で乱すわけにはまいりません。

ああ、しかし、本当にこういう平和な日って素晴らしい‼

スカーレットはメイナが戻ってきて嬉しいらしく、笑みを隠せていなくて、ああもう可愛いなあとは思ったけど。多分メイナも気づいてます。メイナもにっこにこですからね！

（まあそれを言ったら、スカーレットが拗ねちゃいますから言いませんけどね）

スカーレットは帰省中、親戚筋の貴族が訪ねてきて挨拶の対応で大変だったそうです。

メイナは実家の旅亭で忙しく働きつつ、新年祭で闘技場見物に行ったそうで……。

ちなみに、お土産で渡してあったミッチェラン製菓店のチョコレートは、二人とも実家で争奪戦になるほど喜んでもらえたそうです。

喜んでもらえたのなら嬉しいですね！

「出発の時は吹雪《ふぶ》いていないと、本当に助かるのだけど」

「そうですね、いくら馬車だからって馬の方が凍えちゃいますもんね」

「そうね、それに途中であまり足止めを喰らっては時間も足りなくなってしまうし」

「やっぱり、もう少し休暇期間を延ばされた方がよろしいんじゃありませんの？　ユリアさまがおられないことはやはり痛手ですけれど、ワタクシたちでも今の時期でしたら十分回してみせますわ！」

「あらスカーレット」

穏やかに提案をしつつこちらに歩み寄るスカーレットが、書類を持ったまま軽くお辞儀《カーテシー》をしてちょっとだけドヤ顔で笑顔を浮かべました。

「先程の書類、書きあがりましたのでお持ちしましたわ。仰っておられた資料もまとめてありますから、ご確認くださいませ」

「ありがとう」

すっかり書類業務を任せられるようになったスカーレットが、メイナに向かってちょっと勝ち誇ったように笑みを浮かべています。

ちょっと悔しそうにするメイナは、それでもティーポットを持ってニッと笑ってみせたので、なんだかんだこの子たちは上手くやっているのよね。

ライバルと言いましょうか、切磋琢磨《せっさたくま》する相手がいるというのは良いですよね！

まあ、このまま天候が悪くなるようなら、スカーレットが言うように少し長めにお休みを申請しておくことも考えるべきかもしれません。

メイナにも言いましたが、できるなら一週間で済ませたいところなんですよね。

でも、確かに天候ばかりはどうしようもありませんから。

「……書類は問題ありませんね。二人もそう言ってくれていることですし、私はプリメラさまに休暇の延長についてご許可をいただいてきます」

私の言葉に二人がぱっと笑顔になりました。

ああー、本当に、可愛い後輩だなぁと私も思わず笑顔になります。

「そうそう、二人は今から休憩をとってくれて構いませんよ」

「やった！」

「それではお言葉に甘えさせていただきますわ。行きましょう、メイナ」

私の言葉にぱっと輝く笑顔を浮かべてメイナがガッツポーズをしました。スカーレットは対照的に、冷静な振る舞いを見せていましたが、いつもよりもうずうずしているのを私はちゃんと見ていますよ。

ああもう、嬉しいなら素直になればいいのに！

とはいえ、まあ侍女としての立ち居振る舞いとしては、今回だとスカーレットの方が正しいですね。メイナはちょっと気が抜けているのかもしれません。

今回は見逃してあげますが、今後も続くようだったら注意しなくてはね。

「わー、ねえスカーレット、実家じゃどうだったの新年祭！」

「ほら、まだ部屋を辞していないのですから静かになさい‼」

「いいじゃない、もぉー」

「あまりはしゃぎすぎないのよ、二人とも」

きゃっきゃと笑いながら休憩に入る二人に、ちょっとだけ声を掛けましたが届いたでしょうか？

でもまあ、気持ちはわかるから、もう一度は言いませんでした。

二人が仲良く私の執務室を辞したところで、私もプリメラさまの所に行くのに立ち上がります。

休暇の延長申請、ちょっとだけ気が重いのです。

いや、複雑なんですよこれでも。

（できたら、プリメラさまのお傍を長く離れたくはないんだよなあ）

メレクには会いたいけど、色々面倒ごとが起きたらいやだなあという気持ちがあるのもまた事実。

ついつい、可愛いプリメラさまのお傍に居たいと思っても。

このまま平和に過ごしたいって思っちゃっても、仕方がないと思いませんか⁉


「……というわけで、念のために休暇申請を改めようかと思っております」

とはいえ、気が重いからって行動しないわけにはいきません。

私は責任ある立場にあるわけですし、家族に対してだってちゃんと向き合うって決めたんですから。

プリメラさまのお部屋に伺《うかが》うと、不思議そうな顔をなされましたが……すぐに私が説明し始めたことで、うんうんと頷いて聞いてくださるその姿が本当にもう可愛くてですね。

ああ、やっぱり長くは離れたくないなあって思っちゃいましたよ！

勿論、顔には出しませんけども‼

「そうね、すごい雪だもの……ファンディッド領の積雪は平気なの？」

「幸いにも、山沿いには領民は暮らしておりませんので大丈夫かと。ただ、街道はこう降り続くようでは……」

「わたしも国中の交通や流通に影響が出ているって聞いたわ」

「はい、私もそのように耳にしております。ですので、余裕を持とうかと思いました次第です」

「プリメラもその方が良いと思うわ！」

外が見える場所で、温かいお茶を飲みながらプリメラさまは笑顔で了承してくださいました。

はぁー可愛い。笑顔が眩しい！

「でも、ユリアがいないと寂しい」

笑顔で頷いてくれたかと思うと、ふいっと視線を外してプリメラさまが独り言のようにぽつりと仰るので私は思わず目を瞬かせました。

真っ白い雪景色。

本来美しい庭園も、雪化粧を施され……どころか吹雪いて碌に景色どころじゃない状態です。

「……折角、おめでたいお話での帰省だっていうのに、ごめんなさい」

「いいえ、プリメラさまがそのように思ってくださることは、私にとっても喜びですから」

本当のことですもの、むしろ嬉しいですよ！

自分の発言に、思わず反省してしょんぼりしちゃうプリメラさまったら、なんて良い子なんでしょう……!!

思わず抱きしめたい勢いですが、さすがにそこは我慢です。

私も大人ですし、色々な問題を考えねばなりません。ほら、立場とかね。

それに、確かにプリメラさまを主人としても愛《いと》しい娘としても想っておりますが、やはりメレクも、大事な私の弟なのです。

その大切な家族のために、私はできる限りのことをしたいと思います。

とはいえ、寂しいだなんて言われたら黙っていられるわけもなく！

「プリメラさま、失礼とは存じておりますがお手をお借りしてもよろしいですか」

「手？　うん、いいわよ！」

差し出された可愛らしい手は、白くて傷一つなく、今朝も私が手入れをした美しい手です。

そして、それだけでなく私がずっと、慈しんできた……まだまだ幼さが残る柔らかく滑らかな手で、愛しさから笑みが零れました。

その手をそっと包むように私の両手で握れば、改めてプリメラさまの手はとても温かくて柔らかくて、まだまだ子供の手だなあ、と実感します。

「大きくなられましたね、もうユリアの手と同じ大きさに近づいておられる」

「うふふ、わたしだって成長したもの！」

「はい、私もこうしてお傍で見守ってまいりました」

「……うん」

赤ちゃんだった、プリメラさま。

ご側室さまがお亡くなりになって、誰があやしても泣いていたプリメラさま。

誰でも良いから……という国王陛下の言葉に駆り出されて、当時まだまだ子供だった私にまで声がかかるほどの大騒動だったのは、今となっては懐かしい話。

ほかの誰でもない私が、この子の傍に居てあげないと……なんて思ったあの時から、もう十年以上経っているなんて不思議な感じです。

だけど、あの時感じた愛しさは、今も変わらずそのままだということ。

むしろ年月を経て、どんどん増していってるんじゃないかなこれって思うくらいです。

「プリメラさま、これからもユリアがお傍に仕えていくことをお許しください」

「勿論よ！」

「それは、ディーンさまとご結婚なされても……と思っても？」

「ついてきてくれたら嬉しいわ！」

力いっぱい答えてくれたプリメラさまに、私の心が温かくなりました。

本当は、親離れ子離れ……なんて言葉もありますからね。

私もいつかは、プリメラさまから離れなきゃいけないんだろうなって思う時もあるんですが、できたらずーっと見守って差し上げたい。

私に依存するような、そんなプリメラさまではないもの。

しゃんと背筋を伸ばして、ディーンさまと並んで進んでいくプリメラさまを誰よりも近くで応援する。それがやっぱり、私にとっては幸せなのよね。

（……いやこれ、私が子離れできてない母親の気持ちになってるだけなのかしら。重たいってそのうち思われないか心配になってきた……!!）

でも嬉しそうに笑ってくれたプリメラさまがいるから、もう少しこのままで……とほっこりしていると、プリメラさまは少しだけ考えてから慌てたように私の手を掴みました。

（うん？）

どうしたのだろうと首を傾げた私に、プリメラさまはとても真剣な顔をなさっておられます。

「だ、だめよユリア！」

「どうなさったのですか」

「だって、ユリアだってバウム卿がいるじゃない！」

「え？」

「彼と結婚したら、貴女、わたしのお義姉《ねえ》さまになるのよ？　ずっと侍女ではいられないでしょう？」

「えっ……」

言われてハッとしました。

いえ、なんというか、確かに私はアルダールとお付き合いしてます。そしてそれはプリメラさまにもちゃんと伝えてあります。でも、それだけです。

いずれは結婚なんて話もあるのかな、なんて漠然とは思っていたというかなんというか、考えないようにしていたのかもしれないですけど。

（だってほら、自信過剰になっては……とか思うじゃない？）

それに言い訳を許されるならば、私たちはまだ付き合い始めて数か月。

結婚を前提にとかそういう話をしたことは一度もないんですよね。

いえ、このまま付き合っているなら結婚するのが自然というか、色々と上手くいくんだろうな、なんて思ってもいるんですが。

アルダールの気持ちはどうなのかなとか、私は結婚ってまだわからないなとか、まあそういうことで色々考えずにいたのですが……。

まさかプリメラさまからそのことを言われるなんて予想もしていなかったから、絶句せざるを得

ないというか⁉

「えっ、いえ……あの、いえ。そのような日がくるか、まだわかりませんが……」

「そうなの？　だって二人は順調にお付き合いしてるんでしょう？」

「ええっ、えっと？　いえ、はい、そう……だと思っておりますけど」

そんな純真な顔で見上げないで！

恥ずかしいぞこれどうしたこれなんだこれ⁉

いえ、わかってはいたんです……いつか、誰かに突っ込まれるであろうとか、帰省したらお義母さまが一番聞きたがってる話題だろうなとか……‼

でもまさかプリメラさまから来るとは思いませんでした。ええ、微塵も思っておりませんでした。

なんとなく、服の上からペンダントを確認するように空いている手を当ててしまいますよね……。

（アルダールと、私が？）

そうなったらいいなとか、そういう未来を思い描かないわけじゃないですけども。

まだ付き合い始めで、ようやくキスができるようになったばっかりの仲なので、そこから先と言われるとまだちょっとよくわからなくて、でも嫌というわけじゃなくてですね？

なんというか段々と顔が赤くなるのを感じます。

「……かあさま、お顔真っ赤よ」

「ぷ、プリメラさま！」

「うふふ、うん。そうよね、かあさまはわたしと違って、初めから結婚前提のお付き合いじゃないものね。これから二人で話し合うのよね！　素敵‼」

「そ、それは……そうなのかも、しれません、が」

「ごめんなさい、勝手に色々言ってしまって。プリメラがそんなことを言ったなんて誰かが聞いたら決定事項になっちゃうものね。かあさまたちは、自分たちで絆を紡ぐんでしょう？」

最近読んだ本の影響でしょうか、まるで小説のヒロインにでもなったかのように満足気なプリメラさまが嬉しそうに笑いました。

いや、その笑顔すごく可愛いです。うん、もう文句なしの百点満点の笑顔です。

それに、王族としての発言力の意味もちゃんと理解されていて……なんてパーフェクトな私のプリメラさま！　とはいえ、ちょっと内容が内容でしたけども。

「今はまず、弟さんの結婚だものね。セレッセ伯と親戚になるのは、きっと弟さんにとって良いことになるんじゃないかしら」

でもすぐにプリメラさまは王女らしい表情に戻られて、小首を傾げながら何かを考えていらっしゃるご様子でした。

きっと貴族たちの力関係や発言力を思い出しているのでしょう。

「おばあさまはセレッセ伯のこと、いつも褒めてらっしゃるのよ」

「さようでしたか。ええ、是非、弟とセレッセ伯爵家のご令嬢との婚約が無事結ばれて、弟が立派な領主になる道が拓ければ良いと思うのですが……」

「そうね……大丈夫よ、きっとそうなるわ。そうそう、ユリアには今回、護衛をつけてあげる！」

「護衛……ですか？」

「そうよ、ここのところ色々あったからおばあさまも心配していらっしゃってね？　今回の帰省だって、天候も悪いからわたしも心配していたの」

にこにこと笑うプリメラさまは、とても良いことを思いついたのだと言わんばかりに、空いている方の手を胸に当てて、私の方に悪戯《いたずら》っ子な視線を向けられます。

ああーもう、可愛いったら！　可愛いったら‼

「護衛についてはセバスチャンに都合してもらうから、ユリアはそのままでいいからね。勿論、休暇の件も問題ないわ！」

「ありがとうございます、お心遣い誠にありがたく……」

「いいの！　だってプリメラは、かあさまの娘で、王女さまなんだから！」

えっへんと胸を張ったプリメラさまが無性に可愛くて、私はまだ繋いだままの手をぎゅっと握りました。

それに気づいたプリメラさまが、満面の笑みで飛びつくように抱きついてきてくれて、私たちが束の間の〝母子〟の時間を満喫したのは秘密の話。

そう、セバスチャンさんがそっと笑顔で見守ってくれたことも含めて、ね！


かた、かたたん。かた、かたたん。

聞こえてくるその音に、私は心地良さを覚えておりました。

揺れが少ない馬車の中で、その音を楽しむ余裕がある旅って素敵。

上質な馬車は内部まで静かで、クッションはふわふわで、そりゃまあ特別な拵《こしら》えって素晴らしいなあと改めて感動しております。

そう、私はファンディッド子爵領に帰省するために馬車に乗っていて、外は雪景色で、幸いにも吹雪いてはいないものの、止まぬ雪に懸念は隠せないという状態です。

……なんですが、それよりもですね？　もっと気になることがあってですね⁉

「お、レジーナそっちの荷物取ってくれ」

「はいはい」

「よし、これで完成っと……！　ほらよ、ユリアさま。朝から出発がごたついちまったからなあ、碌に食ってねぇだろう？　特製サンドイッチ完成だ」

「……ありがとう、メッタボン」

そう、今回何故か。

いや何故かっていうか、それはわかってるんだけどね？

護衛をつけてくださるとは事前に聞いていましたしね。

そして最近、国内でごたごたが多かったことから王太后さまもご心配くださったこと、そのためだとわかっちゃいるんですけども。

元・腕利き冒険者にして王女宮の料理番メッタボン。

そして護衛騎士団の女性騎士レジーナさん。

え、ちょっと護衛と呼ぶにはなんか豪華っていうか、どういう状況なのかな？

さらにさらに、どこでどんな状況になるかわからないから、と王太后さまが我々のため……というか、帰省する私のためにご自身が所有の馬車をお貸しくださるという特別扱い。

（これってどんな要人待遇よ）

王太后さまからのご連絡と共に、城の入口に馬車が回された時には気が遠くなりましたが、堪えてみせました。ええ、私、できる侍女ですから。

きちんと心の底から御礼申し上げましたとも！　その後、人がいなくなってからへたりこみかけてレジーナさんに支えられちゃいましたけどね⁉

あ、ちなみに予約していた馬車は、キャンセルということで前払いしていた代金が一部、戻ってきました。

そこはメッタボンがやってくれていました。いつの間に。

さすがに出発直前だったのでキャンセル料金がかかったらしく、全額とはいきませんでしたが、半額くらい戻ってきてちょっぴり嬉しかっ……貧乏性ってわけじゃありませんよ？

いやほら必要経費の計上をしなくて済むんだなって思っただけです。

……言い訳を重ねると墓穴を掘りそうなので、そこはもう忘れましょう。

それよりも、王太后さまがご用意くださった馬車に乗れる方がずっとすごいんですから！

しかもメッタボン不在の間についても別途、料理人を手配してくださったので、そちらも一安心です。さすがは王太后さま、さりげない気配りまで完璧です。淑女の中の淑女。

プリメラさまが不自由を感じるようでは、私も安心して帰省できませんから！　でもおかげで安心です。

私が不在の間、セバスチャンさんがしっかりと見ていてくれると約束もしてくれましたから、宮のことは心配しておりません。

メイナとスカーレットだって、もうしっかりしたものですからね！

「しかし、メッタボンは良かったんですか？　あの、帰省のための休暇だというのに……」

「ああ、おれぁ帰る実家もねーからな。昔馴染みも、みぃんな冒険者どもだから生きてるのか死んでるのかもわからねぇし、どこにいるんだかわざわざ探す気もねぇよ」

「そうじゃなくてレジーナさんとの時間を……ああもう！　レジーナさんはどうなんですか」

「アタシも両親はすでにおりませんし、この人と過ごすつもりで予定を開けておりましたから問題はございません。この人とは一緒にいられるだけで十分です」

おっと、なかなかの惚気《のろけ》を聞かされました。

メッタボンも満更ではない様子なのがまた……いえ、だからこそ私の帰省で護衛役だなんてお仕事が付随するのは申し訳ないっていうか。

そんな考えが顔に出ていたのでしょうか。

レジーナさんが、にっこりと私に向かって笑いかけてくれました。

「それに、普段からお世話になっているユリアさまの護衛は譲りたくありませんでした。どのような者を相手にしようとも、引かぬことを騎士として誓わせていただきます」

「そ、そんな大袈裟《おおげさ》な……」

「そんなことはありません。バウム殿からもしっかり護衛を務めるよう、激励されましたしね？」

「あ……あれは……ご迷惑をおかけしました」

「いいえ、仲がよろしいんですね」

レジーナさんったらにっこり笑ってくれちゃって。この美人さんめ！

勤務の合間を縫って、アルダールが私の出立を見送りに来てくれた際のことを言っているのだとわかると、思わず恥ずかしくなるのも仕方ないじゃないですか。

王太后さまがご用意くださった馬車に驚いた様子のアルダールでしたが、すぐに納得したというような表情になったのは解せません。

その上、とにかく護衛の二人に向かって、私のことをくれぐれも頼むとか……心配しすぎじゃない⁉　いえ、嬉しいですけど。恋人に見送られて帰省とか、もうね……過保護すぎると思うのよ。

いや、だから何度も言うけど、嬉しいけどね！

そんな照れる私とは裏腹に、真面目な顔をしたレジーナさんが言いました。

「それに、アタシたちがこうして一緒にいられるのも、ユリアさまが間に入ってくださったことがあったからですし」

ああ、うん。メッタボンを雇った後に、レジーナさんが護衛騎士団から王女宮に配属されて、ひと騒動確かにありましたね。

メッタボンの口調が悪いからとレジーナさんが食って掛かって、それにまた態度悪くメッタボンが応じるものだから……。

『ちょっと貴方、礼儀作法を知らないというのならば口を閉じていたらどうなの！　筆頭侍女さまの優しさに甘えすぎじゃないのかしら⁉』

『あァん？』

『料理人なのだから大人しくしているのかと思えばその傍若無人な態度、目に余るわ！』

『なんでお前みたいなヤマネコみてぇにうるせえ女に説教されなきゃなんねーんだ！』

『なんですってぇ⁉』

『いい加減にしなさい二人とも‼』

『だってよ、ユリアさま！』

『ですが、筆頭侍女さま！』


制止に入った私の方を、同時に振り返ったあの瞬間から、この二人って息ぴったりだよなあと思ってたんですよ。ええ。

（……今となっては懐かしい思い出ですね……）

メッタボンの口調に関して、当時、宮を預かっていた私とセバスチャンさんは、プリメラさまの前でだけ気をつけてくれれば良いというスタンスでしたが、王女殿下の護衛として配属されたレジーナさんはその時、大変意気込んでおられたのでしょう。

王族の宮に相応しい態度と言葉遣いを！　とメッタボンに何度も注意をしては言い争いに発展して、最終的にはお互いに顔を合わせるだけで喧嘩腰になったものです。

当然、王女宮の筆頭侍女として私がそんな二人の仲裁をしていたんですが……そういえば所属が違うとはいえ同じ宮にいる仲間なのだから、争わないでまず互いを理解するように努めてみろと話

し合いを促したことがあったようなないような。

（え、まさかあれがきっかけで、二人は意識しだして付き合い始めたの？　初めて知ったんだけど⁉）

私はいつの間に二人のキューピッドになっていたんでしょうか……。

そんな私の、内心で起こっている動揺など気づきもしないレジーナさんは、幸せそうに微笑むと胸に手を置いて、凛《りん》とした表情を見せました。

「なにより、同じ女性として職こそ違いますが立派にお務めであられる貴女さまを、アタシは尊敬しております」

「えっ」

「そして、王女殿下の信頼厚いユリアさまをお守りすることは、護衛騎士として当然のことであり、誉《ほま》れと思っております」

「そ、そうですか……」

「おいおいレジーナ、あんまり堅っ苦しいことしてんじゃねぇーよ。ユリアさま困っちまってンじゃねえか！」

「あら、アタシは正直な気持ちをお伝えしたに過ぎないわ！」

「へいへい、まったく……ユリアさま、コイツも悪気はないんだよ。許してやってくれ」

「気にしていませんから、大丈夫ですよ」

レジーナさんは真面目な性分ですからね。私もよく知っているので頷いておきました。

うーん、まあ、本人たちが私の護衛にかこつけて旅行できてるんならいいのかしら……？

（一応私が王女宮に帰った後に、メッタボンとレジーナさんは二日ほどお休みしてもらう予定だとはいえ……ファンディッド子爵領ってホントに何もないんだけど）

あ、そう遠くないところに温泉があるか……ってほとんど源泉だった。

保養地として温泉に入れるところもあったはずだから……あまりにも退屈しそうだったら、二人がそこを使えるようにメレクにお願いしておこうかしら。

お父さまに言うと、また妙なこと言い出しそうだし。

「今回、私の帰省では目的が二つあります。一つはお父さまと話し合いをすること、これは正直、以前のトラブルの時から、親子の問題について話し合いが必要だと思ったからです」

まあ、彼らが護衛を務めてくれるというのであれば、やはり心強いことこの上ないです。私としては願ったり叶ったりです。

なので、今回の目的を伝えておくことにいたしました。

「そして二つ目は、弟の婚約についての話し合いです。ですから、私はこの休暇中、ファンディッド子爵家の外に出る予定はありません」

とりあえず、まだ到着までは時間がありますからね。こうした擦り合わせは今のうちにしておけばよいでしょう。突然のことで何も話せておりませんでしたから。

朝は雪のせいで馬車道が混雑するというトラブルもありましたし、お腹も空いていたのでメッタボンの特製サンドイッチを食べ、そして淹れてもらった紅茶を飲みました。わぁ、至れり尽くせり。

この馬車、広い上にこういうことができる魔道具を完備しているとか、どういうこと……。

いや、ありがたいんだけどね。さすが王太后さまの馬車……恐るべし。

とりあえず、私が家から離れないとわかれば、二人も行動を決めやすいでしょうし……やはり子爵邸の警護をしている人間とも、連携とか色々考えることもあるでしょうからね。

まあ、むしろ家の中にいるのだから、ファンディッド家の警護をしている人間にある程度任せて、彼らには休暇を楽しんでもらえたらなというのが、私にできる気遣いというものです。

一応、田舎とはいえ領地持ち貴族ですからね。警護の人間もそれなりにいるのです。……いたと思うんですが、人数まではちょっと把握しておりません。

まあ二人に比べたら弱いのかもしれませんけど……いやいやわからないぞ、もしかしたら逸材が……。

（お父さまの下に逸材とか想像できないや!!　お父さまには悪いけど）

私はまあ、そんなことを考えながら予定を話したんですが、二人は顔を見合わせて頷き合っているじゃありませんか。

なんですか、何を通じ合ってるんですか。

ちょっと私にもわかるように説明してほしいですね……？

「大丈夫だユリアさま。ご家族との団欒《だんらん》を邪魔なんかしねぇし、おれらはあくまでユリアさまの護衛だ。使用人としてこき使ってくれて構やしねえよ」

「いえ、そういうことじゃないんですよ？」

「アタシは騎士なので給仕などはあまり得意ではありませんが、ユリアさまの護衛として常にお傍に控えたいと思っておりますがいかがでしょうか？」

「いかがでしょうかってあのね、レジーナさん……？」

あれあれ、ちょっと待ってほしいな。

私が望んでいたのと、かーなーり？　違うよね⁉

二人のそんな真剣な表情を見ると、こちらとしてはすごく不安になるんですが。

そんなに本格的な護衛を必要とするほどのことがあるのでしょうか。

「え、私、なにか命の危険に晒されてるんですか……？」

「いいえ、任務の内容にはそのようなことは聞き及んでおりません」

「単純に、コイツがいれば色んな意味で牽制になるだろって、セバスチャンの旦那は言ってたぜ。あとはバウムの旦那が安心するからってのもあるが」

「……アルダール？」

唐突にアルダールの名前が出てきて私は思わずきょとんとしてしまいました。

確かにあれだけ念を押していたアルダールのことですから、護衛騎士であるレジーナさんが一緒なことに安心してくれると思いますけれど……そこまでだろうかと思わず首を傾げました。

ですが、メッタボンはそんな私に対し、特に笑うでもなくうんうんと一人納得した顔で頷いています。

「おう、おれだけだとレジーナもやきもきしちまうかもしれねぇしなあ！」

「自惚れないで頂戴《ちょうだい》、ユリアさまがアンタみたいな野暮ったい男を相手にするわけないでしょう？　まったく失礼にもほどがあるわ。申し訳ありません、ユリアさま」

「えっ、ええ……」

メッタボンに対して容赦《ようしゃ》なく言い切ったレジーナさんが、私に向かって良い笑顔を向けてくれましたが……。

えっ、それレジーナさん、自分の恋人貶《けな》して自分に戻ってくるブーメラン……。

いいえ、大丈夫ですよ。メッタボンは良い男ですからね！　大丈夫ですよ!!

（そうかぁ、アルダールがやきもちって意味で心配するってことも、ある……のかな）

でもメッタボン相手にそんなこと思うのかしら、とも思いますが。

それ以外の心配の方が大きそうでしたしね！

色々あるかもしれないからって言ってくれていたけど、そういうの以外でも心配してくれているんなら嬉しいです。

心配性なところがあるアルダールですものね、きっとこの二人がいることで、今頃安心してくれているに違いありません!!

「……では大したおもてなしはできませんけれど、どうか私の実家で寛《くつろ》いでくださいね」

「いやいや、だからおれらは護衛だって」

「半分休暇みたいな雰囲気ですけれど、ね」

そう言って笑ってくれた二人に、私も笑みを返します。

やっぱりそう考えると、こうやって同行者がいてくれるということは、なんとも心強いなあと思うのです。

だから、この二人を手配してくださった王太后さまとプリメラさまには感謝しかありません。

（ありがとうございます、王太后さま、プリメラさま！）

優秀な御者のおかげなのか、王太后さま所有の立派な馬車のおかげなのか、とにかくファンディッド子爵領に馬車は無事入りました。

積雪をものともせず順調に、何事もなく懐かしの我が家へと到着したのです。

とはいえ、すっかり時間は遅いものでしたけど。徐行だから仕方ありませんよね、安全運転第一です。

前回以来なので、約半年ぶりの我が家です！

（王都を出るのが一番の難関だったのかしらね）

ここまでの道のりを思い返して、私はちょっとだけため息をつきました。

ほら、前世でもありましたよね。

要するに、帰省ラッシュです。一斉にみんなが王都を出ようとすれば、そりゃあ順番が詰まるってものですよ……。

しかし見るものがない田舎だと思っていたんですが、今回は本当に見るものがないっていうか見えないっていうか。

途中、吹雪き始めて思わず御者さんが無事かと心配になりましたよ！

そうしたらまあ、この馬車なんとですね……魔法の馬車なのは知っておりましたが、なんと御者席まで魔法が使われている代物だったんです。

それってもしかしなくても特注品……と、改めてなんてものに乗ってるんだろうと血の気が引く思いがしましたが、ぐっと堪えてみせました。

そんなこちらの心配をよそに、御者さんは余裕そうでした。でも覗いたからにはと思ってメッタボン特製のサンドイッチを差し入れしておきました。気遣いって大事ですよね！

もうこの馬車の凄さに関しては『さすが王太后さまがご用意くださった馬車だ』と、ただ感謝しておくことにいたしました。

……あんまり深く考えては、私の胃が持ちそうにありませんから。

（いや、馬車内に小さいながらも調理キットがある段階で察するべきだったよ、私！）

以前プリメラさまとナシャンダ侯爵領に向かった際も、王族の馬車に同乗する機会がありましたが、そんな調理キットとかありませんでしたからね！

そんなこんなで素晴らしい馬車がですね、実家のガレージにあるっていうね。

厩舎《きゅうしゃ》に馬たちを休ませて、その横のガレージにある、我が家に不釣り合いなとんでもなく立派な姿は、なんだか……。

ええ、まあ、どんな言葉で言い繕っても仕方ありません。なんだか場違いっていうか、うちももう少し立派な厩舎とかガレージを用意しないといけないなって思いました！

ちょっと遠い目をしながらその光景を眺めていると、家の中からお父さまが転がるようにして出てきて私と馬車とを何度も見比べています。

うんうん、わかりますわかります。あの立派な馬車はなんだって思ってらっしゃるんですよね。

でもとりあえず、落ち着いて聞いていただかないといけないので、冷静に挨拶をすることにいたしました。

「お父さま、わざわざお出迎えくださったんですか？　ありがとうございます」

「ゆ、ユリア……先ぶれは確かにきていたが、その、あれは……」

「この雪道では難儀だろうと王太后さまがご厚意で馬車を用意してくださったのです。先だっての園遊会での行動に対する褒美のようなものです」

「そ、そうか」

久しぶりにお会いしたお父さまは、少し痩せられたのでしょうか？

とりあえず、積もる話は確かにありますけれど、外では凍えてしまうので家の中に入れてもらいました。

御者さんは私に向かって優雅に一礼したかと思うと、ファンディッド家の執事に歩み寄って何事か話して姿を消していきました。……できる使用人の匂いがします。

いえ、彼に関しては『自分のことは自分でさせるから、ユリアの手を煩わせないわよ』と王太后さまから伺っておりましたけども。

それはさておき。

「お父さま、こちらは王女宮の料理人でメッタボン。それと護衛騎士隊所属のレジーナです」

ホールに入って最初に二人をお父さまに紹介いたしました。

会うのは初めてですし、何者かとお父さまも心配そうでしたからね！

「今回の帰省で私の護衛を務めるため、二人は私と共に来てくださいましたので、彼らを客人として遇していただけませんでしょうか」

「あ、ああ。すぐに部屋を用意させよう。ファンディッド子爵家へようこそ、お二方《ふたかた》。ごゆるりとお寛ぎくだされ」

お父さまの言葉にレジーナさんが笑みを浮かべ、騎士としての礼をしました。

さすが、護衛騎士ともなると所作が大変美しいです。

「ありがとうございます、ファンディッド子爵さま。護衛騎士隊所属レジーナと申します」

メッタボンはどこ吹く風で、挨拶に関してはレジーナさん任せなようですが、まあ立場で言えば妥当なので私も口を挟むことはいたしません。

「ユリアさまの護衛の任を、王太后さまより拝命しておりますので、どうぞ滞在中も帯剣をお許しいただけますよう」

「おっ、王太后さまより、で、あれば……勿論、それは、当然……そのう、我が娘の身に、一体なにが……」

しどろもどろに問えば、レジーナさんは不思議そうに小首を傾げて、それからきりっとした表情でお父さまを真っ向から見据えました。

その凛とした表情、カッコ良いです！ つい黄色い声援を送りたくなります。

メッタボンはもうやる気がないと言いますか、興味がないんでしょうね。ただそのやりとりをぼんやりと見ているようです。

でも視線がちょっと厳しく我が家の玄関ホールを見ている辺り、もしかして本当に警護とかがっちりやる気なんでしょうかね？

元・腕利き冒険者とは聞いてますけども、私はメッタボンがどの程度すごいのかとかはわかってないんですよね……。世間知らずって、きっとこういうことですよねえ。

「ユリアさまは王女宮筆頭のお立場にあられます」

「は、はあ。勿論、知っておりますが」

「それゆえ、王家の方々の信頼も篤く、また先だっての園遊会に置かれましては来賓の方に対し身を挺《てい》してお守りするなど国内外で賞賛されるお立場であります」

「は、はあ……」

お父さまが目を白黒していらっしゃるようなんですが、ついていけないという感じでしょうか。

いやまあ、帰省してきた娘がまさか王太后さまから馬車を借りるわ、護衛騎士を連れてくるわでパニックになる気持ちはわかりますが……。

「それゆえ、護衛がつくのは当然のことかと愚考いたします。説明に足りますでしょうか？」

見事なまでのその説明に、私も補足することはありません。

レジーナさんが返事を待っていると、お父さまは目を白黒させたままなんとか頷きました。

「そ、そうでありますか……いや、その、ありがとうございます」

「ただの騎士に過ぎぬ身に対し、ファンディッド子爵さまがそのような言葉遣いはなさらずとも結構です」

「で、ですが……王太后さまより指示を受けておられる騎士殿ですので……」

「どうか、お気になさらず」

きちっと騎士の礼で対応するレジーナさんに、お父さまは戸惑うばかりです。

まあ彼女からすればいつも通り、騎士の礼儀作法に則《のっと》っての行動なんですが……普段そこまで上位の騎士たちと接することは、お父さまはないはずですから。

そりゃそうですよね、お父さまは王城には立場上行きますけれど、領主として自分の所の護衛を連れて文官としての登城になります。

そしてレジーナさんが所属する護衛騎士隊は、基本的に近衛隊に次ぐ上位の騎士隊ですから、地方領主でなおかつ文官のお父さまと、接点はほとんどないと言っても良いでしょう。

「メッタボン、ほら！　ご挨拶しなさいよ！」

「あ？　あー……おれぁメッタボン、さっきユリアさまからご紹介にあずかった通り、王女宮で料理人をしている」

レジーナさんに促されて、メッタボンが視線をこちらに戻しました。

そしてゆるりと頭を軽く下げたかと思うと、にぃっと笑みを浮かべたので思わずお父さまが一歩後ずさりました。

いえ、お父さま……彼はあれでも友好的な笑みを浮かべただけなので、怖がらないであげていただきたいなって……。

当のメッタボンは気にした様子はありませんでしたので、私は内心胸を撫で下ろしました。案外繊細なところがある男ですからね！

「まあ、良しなに頼まアご領主さま。口が悪いのはどうにも直らねエが、どうかご容赦いただきたいもんだ」

「メッタボン！」

「これでも元冒険者だ。まだまだ鈍っちゃいねぇし、ユリアさまはおれにとって上司であり恩人だ、しっかり役目を果たさせてもらうぜ。どうぞよろしくお願いします」

レジーナさんが肘でメッタボンを咎めてますが、彼はどうやら真面目に話しているんですよねえ。

うーん、プリメラさまや私に対してはもう少し丁寧なんですが、どうにも彼は癖が強い。

それでもその態度にレジーナさんの方がむっとしていて、お父さまの方はオロオロして、何だろうこの空間……。

「このバカメッタボン！　貴方の態度が悪いと、その上司であるユリアさまの評価に繋がるってここに来る前に注意したでしょ!!」

「痛《い》ってぇ!?」

「おれぁこれでも丁寧に挨拶したつもりだって！」

「あれで!?」

ひそひそ言っているつもりですが丸聞こえですよ。

ええ、まあレジーナさんもこういうところが抜けているっていうか、可愛らしいっていうか。

普段は護衛騎士らしく凛としてかっこいいんですけどね、このギャップがきっとたまんないんでしょうね。

「ちょ、ちょっと二人とも、聞こえてますからね」

「えっ」

「あー、悪い悪い」

「悪いって思っていないでしょうメッタボン。まあいいけれど……」

呆れながらも注意すれば、レジーナさんはばつが悪そうに体を小さくして、メッタボンは相変わらずで。

私は場をとりなす意味も含めて、お父さまの方へと向きなおりました。

「お父さま、とりあえず二人を客間に案内してもよろしいですか？　もう時間も時間ですし、きちんとしたご挨拶はまた明日の朝ということで」

「あ、ああ、そうだね。そうしようかユリア」

「……お父さま」

「うん？　なんだい？」

面食らっているというのがありありとわかるお父さまが、そそくさとこの場を離れようとするのを思わず私は呼び止めました。

私の声に、少しだけ落ち着いたらしいお父さまが振り向く。

やっぱり、少し痩せただろうか。

メレクの、婚約が調えば……お父さまは、隠居生活を余儀なくされる。決まっていることとはいえ、まだまだ働き盛りの男性に、辛い話ではないだろうか。

先日の件で、お父さまの引退は確定として社交界に知られています。

それがお父さまにとって、どのような負担になったのか私は心配でならないのです。

本当は引退したくなんてなかったのではないだろうか、口出ししてきた娘を疎ましく思っていないだろうか、……原因となった私を、憎んではいないだろうかと。

いいえ、お父さまは私のことを大事な娘と呼んでくださいました。見た目がアレだという発言が付いていたのはいつもどおりだったし。

（それでも、あの時の行動は、ファンディッド子爵家にとって最善だったはず）

この家を守りたいと思うのは、お父さまも含めて家族の総意だったと信じてはいますし、お父さまの身を守るためにも必要だったはずで、だから間違っていなかったはずで。

一度浮かんだ不安は、なかなか拭い去れない。大人だから、表面上はなんともないような顔をしていたとしてもその心中ではどうなのだろう？

私のことを、今、お父さまはどう思ってらっしゃるんだろうか。

まだ、哀れな醜い娘としか思っていないんだろうか。

それとも少しは、頼りになると思ってくれたのだろうか？

聞きたいと思ったけれど、いざお父さまを前にすると上手く言葉は出てきませんでした。

それでも、他にも言わなければと思った言葉はありましたのでそれを口にすることはできました。

いいえ、これを本当は最初に言わなければいけませんでしたね。

「――……ただいま帰りました、お父さま」

「あ、ああ……お帰り、ユリア」

お父さまは、私の言葉にちょっと目を丸くしてから、それでも目を細めて嬉しそうに笑い、応えてくれたのでした。

久しぶりの実家の、自分の部屋でぐっすりと寝た翌朝。

私が起きて行動をする頃には、メッタボンとレジーナさんはもうすでに起きていました。

他の家族は寝ていて、幾人かの使用人たちが朝の準備をしていたくらいでしょうか？　外は相変わらず雪景色でしたが、もう吹雪いてはいないようでした。

（いつの間にあの二人はうちの使用人たちと仲が良く……⁉）

親し気に館の人間たちと笑い合っている二人に、私はびっくりですよ。

着いたのは昨日の夜なのですが、仲良く朝ご飯の支度で調理場にいるメッタボンとか、その横で一緒に行動しているレジーナさんとか、私、ちょっとこの情報、処理しきれないです。

まあ、起きて早々ウロウロしているご令嬢っていうのはどうなんだというツッコミが来そうなのですがそこは置いておきましょう！

私はとりあえずメッタボンたちに声を掛けることにしました。

「お、おはよう、メッタボン」

「おぅ、おはようございますユリアさま。実家だってのに相変わらず朝が早いな。もう少しゆっくりでもいいんだぜ？　仕事じゃねえんだから」

「そうですよ、折角の休暇でしょう？」

「それを言い出したら、貴方たちも半分は休暇なんですからね？」

私がそう言えば、レジーナさんがにっこりと笑いました。

おおう、朝から美人ですね。当たり前だけど。

「アタシは護衛の任も兼ねておりますので」

「おれぁこうして動いてねえと落ち着かないからな。ユリアさまの故郷の料理ってのも知っておきたかったしよ」

（なんだろう、この人たち職業病を極めているんですかね……？）

まあ、かくいう私も、いつもの時間に目が覚めたとかそういうレベルのお話ですけれどね。

人の事をどうこう言えないのは百も承知で、でもやっぱり言いたい。貴方たち仕事中毒なのもいい加減にしなさいよ、と。

いや、ありがたいのは間違いないんですよ。メッタボンの料理が美味しいのは当然ですから、ここに来ても食べられるってすごく嬉しいですからね。

（なんかファンディッド家の料理人の方がホクホク顔なのが気になりますけどね？）

まあ、メッタボンはハッキリ言って、超一流の料理人だと思います。

ファンディッド子爵家の料理人だって決して腕が悪いとは思いませんが、超一流から技術を学べる機会があればそりゃ喜びもするか。……そういうものよね？

話し合いがもしすんなり済むなら、私も館の侍女たちの様子を少しだけ見てあげたいなあと思うんだけど……やっぱりそれは余計なお世話かしら。

（後でお父さまに聞いてみよう。勝手をしてはまずいでしょうから……）

まあ今日の予定としては、まず家族に帰省の挨拶、それからお父さまとお話する時間をいただいて、後はメインであるメレクの婚約話を詰める、でしょうか。

メレクの件はそれこそ一日で済む話かどうかわかりませんし、お義母さま方の親戚筋がどう動いているのかを知らねばなりませんしね。

まあ、もしかしたら動かないかもしれないっていう淡い期待を抱いておりますけど‼　そうだったら話は早いんですが。

一番いいのは特に話し合うこともなく、もう顔合わせの日時が決まっているとかそこまでになっているのであれば、私も今後の都合をつける算段がつくってもんです。

わかっております、そんな都合のいい話はないって知ってる。知ってます。

ちょっとだけ、そんな希望を抱いたっていいじゃありませんか……。

「……お父さまたちはいつも、いつ頃に起きてこられるのかしら？」

「そうでございますね、もう少々後になられるかと……奥さまたちも同じと思います」

「ありがとう」

近場に居た侍女の答えを聞いて、じゃあゆっくりしてからお父さまたちを待って、朝食を一緒に食べよう、と思いました。

やはりこういうのは先に食べるよりも、家族なんですから一緒に食べるべきですよね。

（でも、どうしましょう。思いっきり手持ち無沙汰だわ！）

普段でしたら書類などのこまごました仕事をしていられますが、今日はそうもいきません。

別に仕事中毒とかそんなことはありませんよ！

いや、まあ……うん、大丈夫なはずですよ……？

そう、そこは置いておきましょう！　とにかくすることがないのです。

何せここでは私は『お嬢さま』なのです、みんなの仕事を取ってはいけません。

しかしそうなるとどうやって時間を潰そうか……と、少しだけ考えて私は閃きました！

こういう時は、本を読むのが良いのです！

といってもファンディッド子爵家の書庫というのは大したものがなくて、幼い頃にしょんぼりしたのは、今となっては懐かしい思い出です。

だってほら、前世のイメージ的に貴族の書庫といえば立派なものを想像するじゃありませんか！

まあ実際には、書庫があるだけさすが貴族っていうものですが。

書籍は一般市民も手が出せる範囲とはいえ、それなりに高価な品なので、大量にとなると貴族であろうとなかなか難しいかもしれませんね。

ほら、保管とかで人も使わなきゃいけませんし、とにかくお金がかかるんですよ……。世知辛い世の中です！

まあ、十歳の頃からほとんど帰っていないから、もしかしたら蔵書が増えているかもしれません。

「私は書庫にいます。もし家族の誰かが早くに起きてくるようでしたら教えてくれますか」

「かしこまりました」

私の言葉に誰よりも早くレジーナさんが返事をしてくれるっていうのがちょっとアレですが、打てば響くように返事があるとこちらも安心できるというものです。

こうして思うと、私も仕事がない時ってなにをしたらいいのかわからないとかダメですねえ、メイナやスカーレットはどうしていることでしょう。

（今頃だと、セバスチャンさんが朝礼をしている頃でしょうか？）

いつも通りの王女宮での光景が目に浮かんで、なんとなく落ち着きません。

こういうところが〝可愛くない女〟なんでしょうねえ。仕事のことばっかり！

まあ、後悔はしてませんよ。お父さまには嘆かれたけれど、決して私の今までの生き方は、無駄じゃないんです。

（無駄じゃ、ないわよね？）

書庫に入って、適当に手に取った本を開いてみる。

ああ、これ見覚えがある。ファンディッド子爵領で生まれたとかいう詩人の詩集。

正直私は詩とかそういうのは良い悪いがよくわからなくて家庭教師を困らせたものだったから、ちょっと懐かしくて笑ってしまった。

そこには『人には人それぞれの、生きざまがある。認めてもらえないのだとしても』なんて一文があって、そうよねえ、なんて他人事のように思ってしまいました。

侍女のお仕事って楽しい、から始まって、プリメラさまに出会ってこれは運命だと思って今まで突っ走ってきましたけど。働く女のどこが悪いのか、私には今もわかりません。

統括侍女さまは確かにちょっぴり怖い上司ですけれども、怖さよりもずっと尊敬できる方です。

他の筆頭侍女たちも先輩として学ぶことは多く、気遣いやマナーのその美しさたるや、今でも私は彼女たちに追いつこうと学んでばかり。

（社交界デビューしたからわかるけれど、本来ならば子爵令嬢として令嬢らしい道を歩んでほしかったんだろうなあ）

私だって、お父さまたちの願いを理解できないわけじゃないんですよ。

ただ、ほらね？　人には適材適所っていうものがあるんですよ！

（……でも）

私は私を曲げる気はない。というか、曲げる理由がないのです。

社交界デビューもしたし、一応貴婦人らしい所作だってできるつもりだし。お父さまは私をあまり見目好いとは褒めてくださらないけれど、恋人だってできたしね？

だから、できたら。

お父さまに、そろそろ認めてほしいと、私はそう思っているのです。

働く娘のことを、哀れと思わないでほしい。

私という娘が、可哀想なのではなく誉れだと言ってほしい。

（それだけ、だけど。それだけ、が難しい）

私自身が悪いのかもしれない。前世の記憶を、まるで自分が生きてきた軌跡かのように思って大人ぶって、自分の『やりたいこと』を見つけて飛び出していってしまった。

本来なら、親と絆を築くべき時間を棒に振ってきたのは、私自身。

お父さまがもっとしっかりしてくれれば！　そう思った時期もありましたけど。いえ、今も正直言えば少し思ってますけど。

（お父さまと、お話……）

子供の頃は、どんな風に話していたんだっけ。

上手く思い出せないけれど、きっと私は、生意気な子供だった。

王城に行儀見習いに出てから今日まで、こまめに手紙のやり取りもしていたけど、私はどこかで私を理解してくれないお父さまに反抗的で、……やっぱり可愛くない娘ね。

だからって今更仲良し親子……をやるには『不器量な娘』って派手に王城の面会室で泣かれて可哀想がられたのもまだ悔しくって、あれ？　私は絶賛反抗期継続中だった……⁉　いやまさかね‼

「ユリアさま？」

「……ああ、レジーナさん。どうしました？」

「はい、先程ファンディッド子爵さまが起きてこられました」

「あら、もうそんな時間？　……父はどちらに？」

なんでレジーナさんがそれを言いに来るんだと突っ込みたくなりましたが、私の護衛ですものね。基本的には自由にしているし私の行動を阻害することもないのでしょうが、こうやってつかず離れずというのも護衛としては大事なことだとわかっておりますとも。

「先程我々に挨拶をしてくださった後、書斎に赴かれたご様子ですが」

「わかりました。ありがとう、レジーナさん」

「いえ」

……そうです、ここで悩んでいたってしょうがありません。

お父さまと、お話しよう。

今までできなかった分も。夏のあの日に、親不孝な娘であると自覚してからも、すれ違い続けている親子関係を、今、今日こそ！　正していこうじゃありませんか‼

気合を入れて、私は書庫を出てお父さまの所へ向かいました。後ろをレジーナさんがついてきてくれていることで、狼狽えずにいられる気がします。

なんとなくドアを前に深呼吸をして、できる限り落ち着いた声を出しましたが、やっぱりどこか緊張している気がします。

「お父さま、ユリアです。入ってもよろしいですか?」

軽いノックをしてそう声を掛ければ、僅かに躊躇った気配がしてから「どうぞ」という声が返ってきました。

「……失礼いたします」

許可を得てドアを開け、入る瞬間、レジーナさんが笑みを浮かべた気がします。応援してくれたんでしょうか。彼女は勿論私について入ってくることはなく、私だけが書斎に足を踏み入れました。

お父さまの書斎は、小さい頃の私にはまるで秘密の部屋かのような印象があったものです。

きっと書斎というものは領主であるお父さまだけが入れて、難しい本が並んでいて、というイメージが強かったのでしょうね。

実際には代々領主が仕事で使う書類や今までの記録書を、書庫にはしまっておけないような類《たぐい》のものや資料が集められているだけなんですけれども。

あくまで書斎ですから、実際に領内のあれこれを取り決める執務室は別にあるんです。

弱小貴族なので、秘書官を務めるのは家令の一人が兼任です。

その他にお義母さまがお手伝いをしていらっしゃったはずで、今はメレクが補佐という形でお父さまのお傍にいるので肩身が狭いのか、或いは楽になったのかどちらなのか。

いずれはここも、……いえ、メレクの婚約が調えば、これからはメレクが中心に使う場所になるんですね。

そう思うと、なんだか複雑な気持ちになってしまいます。

お父さまは大きな古い冊子を棚に戻しておられるようでした。

私が来たから片付けているのでしょうか、だとしたら少しだけ申し訳ないです。

でも今を逃したら、お父さまと二人で静かに話す時間は……うん、メレクの婚約話の問題がありますから。やはり今が一番な気がするのです。

「おはようございます、お父さま」

「ああ……おはようユリア。よく眠れたかい？」

「はい、おかげさまで。……今、お時間よろしいですか？」

「えっ⁉」

お父さまが素《す》っ頓狂《とんきょう》な声を上げました。

「えっ⁉」

だからでしょうか、思わず私も同じような声が出てしまいました。

なんですかその反応‼　ちょっと、いえ。大分傷つきますよ……？

久しぶりに帰省した娘が父と感動の再会を果たす……とまでは言いませんけれど、ちょっとくらい親子の会話をしようとか思っちゃいけないんですかね？

いえ、もしかしてこの反応。

確認するべきじゃない、だけど聞かずにはいられない。

私の声は、震えていないだろうか。

「……私が、お父さまに会いたい、話をしたいと思うなんて、考えてもおられなかった……のです、か……？」

「あっ、いや違うよユリア⁉」

だってそのびっくり顔。私がそんなことを言うなんて、思っていなかったからびっくりしたんでしょう？

私が帰ってくるのは、義務と親子の柵《しがらみ》だけとでも言うかのようじゃないですか。

いいえ、今までの私がそう思わせたのかもしれませんけれど。それってちょっと、いいえ。

正直、かなり私としてはショックでした。

（自業自得というやつなのでしょうけど）

それでも。

それでもちょっとくらい、娘として愛されているからと。そこに胡坐《あぐら》をかいていたってことなのでしょうか。

手紙のやり取りだってしていましたし、時に仕送りだってしてきました。お父さまの誕生日にはカードとプレゼントだって欠かしたことはありません。勿論、お義母さまとメレクにも。

やれお見合いしろだの、結婚はまだかとそう問われるのが嫌で、避けるようにしてあまり帰省しなくなったことは反省していますし、プリメラさまのお傍に居て幸せにして差し上げたいという一心で、家族の元に帰らなかったことも反省はしています。

でも、家族を蔑《ないがし》ろにしたつもりは一度もないのです。

だからこそ、あの時の騒動だって侍女を辞したくないというのは勿論ですが、ファンディッド家を――お父さまを、家族を守りたかった一心で行動したし、そしてその後も、私のことを案じていると言いながら『可哀想な娘』と言われたことにも、ちょっぴり泣きたかったけど我慢しました！

それらはすべて、私なりに家族を想う気持ちそのものであって。それこそ、その時その時できちんとした振る舞いだってしてみせたと自負しているけれど。

だけど。

――あの時は、あまりにも色々あったから。

だけど。

――会いに来てくれたあの時は、王城だったから。

だから、私は王女宮筆頭侍女としての矜持をもって、凛と振る舞えたのだけれど。

今は違うの、今は、ファンディッド家の、長女の私。ただのユリアなのに。

「……お父さま……私、私はそんなにもお父さまにとって親不孝な娘なのでしょうか」

「そっ、そんなことはないぞ？　どうした、なんでそんなに泣きそうなんだね!!」

泣きそうな顔をしている？

ええ、そうでしょうとも。

「だって、お父さまは……お父さまは、お母さまに似なかった私を哀れに思ってばかりで」

「それは……」

ああ、違う。私はお父さまを責めたいわけじゃないのに。

でも口から飛び出した言葉は戻らない。前にも似たような反省をした気がするのに、やっぱり私は筆頭侍女としての立場でない時は、どうにもこうにも不器用なのかもしれない。

「それは、否定できない」

「……！」

そして、お父さまがはっきりと肯定してしまうから。

こういう時は嘘でも「そんなことはないよ」って私を甘やかしてくれてもいいのに。そんな風に思ってしまうのは、勝手すぎるでしょうか。

泣きそうになってしまうのは、当たり前じゃないでしょうか。

「だが、今ではお前の城勤めは悪いことではなかったのだなあと真摯に受け止めているのだよ。これでも」

「これでも」

思わず出かけた涙も引っ込んで、復唱しちゃいましたけど⁉

私のそんな様子に気が付くでもなくお父さまは大きくため息を吐き出して、書斎の椅子に腰掛けました。

「慣例の行儀見習いに行って、その後はまあそこそこの相手と結婚をしてくれたらそれで安心だと思っていたよ。メレクもいるからね、ファンディッド家としては今まで通り細々とやっていけるだろうと……」

「……」

「ところがお前は戻ってこないし、妻はお前が行き遅れになるとそれだけで外聞が、親戚が、と私に愚痴を言ってくるようになった」

お父さまは少し気まずいのか、私から目を逸らしつつも言葉を続けました。

「それでもそれだってお前のためになるということを考えれば、当然だとも思っていた」

「……」

結婚して、横の繋がりを作り、夫を支え、子を産み育て……一般的な貴族女性の、生きる道。

それこそが女性としての幸せ、子爵令嬢なんていう身分ではそれこそ立身出世よりも確実な安寧《あんねい》の道。

ファンディッド子爵家で、今まで一族の中から特別傑出した人物を輩出したという記録はありません。

その代わり、穏やかで堅実に、細々とやってきたことが記録を見ればわかります。

保守的に生きることで、一族を守ってきたのでしょう。だからこそ、お父さまだってそれが当たり前だと思っていたし、そして今も当たり前だと思っていらっしゃる。

そしてお義母さまもその傾向がとても強い方なので、私の『働く女』という姿がなかなか理解していただけないことはわかっているつもりです。

前世の記憶があった分、『働く女』というものに抵抗の無かった私とは、まったく違うのだと……だけれど、それで割り切るには、あまりにも肉親として情があるじゃありませんか。

「だが私を救ってくれたように、お前は筆頭侍女という立場で王女殿下をお支えして、そこからメレクに良縁を運んでくれた！」

「……お、とうさま」

「その上、王女殿下とバウム家嫡男の縁談、それの延長とはいえ、お前自身もバウム家の子息とお付き合いを始めたと聞いた時には、こんな輝かしいことが私の代で起こるなんてまるで奇跡のようだと感動すらしたんだ！　それはすべてお前が今まで一生懸命働いてきたからだと思うと、私は誇らしいよ」

今までと打って変わって、お父さまが満面の笑みで顔を上げて私を見ましたが、私は笑えませんでした。

ああ、お父さま。

お父さま。

どうか、私を見てください。

私は、ファンディッド家のためにならないことは確かにしません。だけれども、家を富ますためだけに犠牲になるようなことをしているわけではないのです。

そう告げたいのに、私は自分のスカートを掴むしかできなくて……。

お父さまは、穏やかな顔で喋り続けている。あれは、きっと、そう。私を褒め称えているつもりなのでしょうね。

父にとっての誇らしい娘と言われたかったのは事実です、けれど私が求めているのは、もっと違うものでした。

「だけれど、王女殿下と嫡男殿の婚姻が済んでしまうと、縁が切れてしまうこともあり得るからお前もできる限り、……ユリア？」

「お父さま、私は。私は、そこまで愚かで情けない娘なのでしょうか」

声が、震えました。

お父さまは私を心配して、そして仕事をする私がファンディッド家の役に立ったことを喜んで、色々と仰っておられるのでしょう。

だけれど、だけれどそれはあまりにも。

「……ユリア？」

「メレクは、メレク自身が有能であり、私という存在は関係なくセレッセ伯爵さまに認めていただくだけの資質があり、また、オルタンス嬢がご自身で選んだ人間です。私のことが多少関わっていたとしても、選ばれた理由がある、それだけです」

「ど、どうしたんだい？」

「……私は……」

つん、と鼻の奥が痛くなって、目が熱くなって。

冷静にならなくちゃ、そう思うのにお父さまが慌てれば慌てるほど、私の中での気持ちが荒れていく。

（お父さまは、私がどうして怒っているのかわかってくれていない）

そうだ、どうしてと伝えなければ相手にだってわからないだろうに。

それでも私はそれを言葉にできずにいる。ぐるぐるぐるぐる渦巻く苛立ちと怒りが、私の中にあって。その中心にあるのは、悲しみで。

それらがない交ぜになって、上手に言葉が見つからない。口を開けば文句しか出てこないような気がする。そんなことしたいわけじゃ、ない。

私は、ぐっとこぶしを握りこんで息を大きく吸い込みました。

「……失礼、します。今は上手に、話せそうに、ありません、から……」

「ゆ、ユリア⁉」

「ごめんなさい、お父さま」

淑女としてはやや乱暴な行動だったと思います。ドアを乱雑に閉めてから私は廊下にいるレジーナさんと視線が合って、気恥ずかしくなりました。

「……一人で部屋に戻りますから、レジーナさん申し訳ありませんが……」

「それは」

「お願いします」

護衛対象なんだから、こんな我儘を言ってはいけないとわかってはいるんです。

でも一人になりたくて、お願いしてしまいました。

レジーナさんは少し考えてから、家の中だから大丈夫と判断したのでしょう。

「……アタシは食堂におりますので、いつでもお呼びください」

それだけ言うと、彼女は身を翻《ひるがえ》していなくなりました。

その気遣いが、すごくありがたかったです。


ああ、私はやっぱり立派な大人なんかじゃ、なかった。

まだまだ、ただの未熟者で。

侍女という立場になければ、ただの我儘な、世間知らずのコドモなのかもしれない。

（少し、冷静に、ならなくちゃ……!!）

あれほどまでにお父さまとの時間を、取り戻そうと思っていたはずなのに。

私は目に浮かんだ涙を袖で乱暴に拭って、一旦自分の部屋に戻ることにしました。

（一度、一人になって考えよう……）

そう考えてもう一度深呼吸をしたところで、後ろから声がかかりました。

「ユリア？」

「……お義母さま、おはようございます」

「どうしたの、貴女、泣いているの？」

「いえ」

現れたお義母さまは、きょとんとした顔で私を見ている。

私は、そんなお義母さまを前に、どうしていいかわからなくて思わず俯いてしまったのでした。

第五章　いざ、家族会議！

「ユリア、いつの間に帰ってきていたの？　知らなかったわ！」

「昨晩、遅くに。ご挨拶させていただこうかと思ったのですが、もうお義母さまたちはお休みだったので……」

「それじゃあ、あの人にはちゃんと挨拶をしたの？　先に起きていったのだけれど」

「……はい、たった今。昨晩も、起きていらっしゃったので挨拶をさせていただきましたけれど」

「そう、ならいいわ」

にっこりと笑ったお義母さまは、とても……とても機嫌が良さそうでした。

私が帰ってきたから、というよりはメレクが良縁を得たことがやっぱり嬉しくてたまらないのでしょう。だって私のことなんて、見ているようで見ていないもの。

その証拠に。

「そうそう、メレクとセレッセ伯爵家のお嬢さまの顔合わせに関して、私の生家であるパーバス伯爵家がご協力くださるっていうのよ！　ふふふ、これも貴女のお陰ね！　私は今まで子爵家にしか嫁げなかったと軽んじられてきたけれど、これでこの家も躍進していくということだもの」

「お義母さま……」

ぐっと苦いものが胸の内に広がる。

喜ぶお義母さまと、まるで正反対の気分な私。

私は何もしていない、そう叫び出したい気持ちでした。

そりゃまあ……結果としてセレッセ伯爵さまと知り合いにはなったし、言葉も交わしました。アルダールの先輩だったっていうのは最近知った事実だし、オルタンス嬢が何故か私を尊敬しているる？　という不思議な現象はともかくとして。

（私はただ、打ち込める仕事を見つけただけなのに）

結婚とか家同士の横のつながりとか、そういうものに貴族令嬢として縛られていくのだろうなあと曖昧に思っていた中で見つけた、『働く』という道。

真面目に頑張ったからこそ、それを評価してくださった人と出会えただけで……正直に言えばちゃんと真剣に働いた上で、常識として実家の名を汚さない行動をしていたってだけで、むしろ私がファンディッド家のために行動したことは、ない。

ただただ、真面目に侍女として学び、働き、プリメラさまの幸せを考えて日々をすごしていただけで……ああいえ、去年に起こったお父さまの件はちゃんとファンディッド家のために行動したと言えますね。

でもあれも侍女を辞めさせられちゃうっていうのが最初にあっての行動だったので……結果として実家に貢献はできたんだと思いますが。

「どうしたの？」

「いえ」

「貴女のお陰で、ファンディッド家はこれからきっと子爵でおさまらない発展をしていくのよ。もっと喜んで良いのよ？　メレクももう起きているし、この後は顔合わせの準備について話をしなくちゃね！　私のお父さまであるパーバス伯爵さまが午後にはお越しになるから、それまでに最低限は整えないと！　結婚してから一度もお父さまは私に会いになど来てくれたことはなかったけれど、名家から花嫁を迎えるというだけで扱いが変わるものね！」

「……」

ぼんやりとお義母さまの方を向いていた私を気にするでもなく、お義母さまはこちらが口を挟めない勢いで喜びを口にしました。

お、おう。

お義母さまのはしゃぎっぷりがちょっと怖い。

（なんだか苦かった気持ちがしゅんって消えたよ……ある意味すごいよ！）

でもちょっと待って、あれ、冷静になるとですね。おかしくないかな？

「お義母さま」

「なぁに？」

「……朝食を、みんなで食べた後に、一旦落ち着いてお話しいたしませんか？」

「ああ、そうね！　そうだったわ!!」

笑うお義母さまはもうこれ以上ないほど幸せそうです。

（そんなに生家では窮屈な生き方してらっしゃったんですか……？　結婚こそが女の幸せ的な発言が多い人だと思ってたけど、もしかして実家でずっとそう言われてたのかな？）

お義母さまの発言からはそんな風に思えてなりませんが、ありえそう……。

それにしても『子爵家にしか嫁げなかった』って……逆に言えばパーバス伯爵さまがうちのお父さまみたいな、部下で大人しい、言うことを聞きそうな代わりに出世の見込みもあまりないタイプしか見つけられなかっただけじゃ……おっと、失言。

足取り軽く先を行くお義母さまを見送って、私は思わずため息を漏らしてからぎょっとしました。

お父さまが書斎から、顔を半分覗かせてるから！　怖いわ!!

「お、お父さま……」

「ユリア、その……私はお前の気分を害したの、かな……？」

「……えっ」

えっ、今のお義母さまのハイテンションはスルーなの？　ってまず思いました。

そっちの方にびっくりしちゃいましたよ。いえ、まあ私としては、お父さまとの話し合いの出鼻を挫かれたことにショックを受けていたのは確かだったんですが……。

「私はね、お前をちゃんと、娘として愛してきたつもりだ。そりゃあ頼りない父親だしね、ろくでもないことを仕出かして迷惑もかけたし……だからこそお前が幸せになってくれるならと思えばこそ、さっきの発言になったんだ」

「お父さま」

ああ、もう。私には前世の記憶がある。だから不器用だ。

そう思っていました。

今でもそう思ってます。

だけど、だけどね？　ユリア・フォン・ファンディッドは、確かにこの家の娘で、そしてこの不器用な人の娘なんだなあとも思うんです。

愛されてるって思ってますよ、ちゃんと私もそれを感じてます。

多分ですが、私は甘えるのが下手過ぎなのでしょう。そして、お父さまは娘を相手にするのが下手過ぎたんでしょう。

間に入ってくれるはずのお母さまは、私を産んですぐ亡くなってしまったから。

前世の記憶があるからって、子供らしく寂しさを訴えることも、甘えることも遠慮してしまったから。

「お父さま、私は仕方なく働いているのではありません。楽しく働いております。王女殿下はお優しく、そして聡明な方です。上司である統括侍女さまは厳しいお方ですが、尊敬できる女性です」

「ゆ、ユリア？」

「私はお父さまの目から見れば、さぞかし不憫《ふびん》で哀れな娘かもしれません。早くに母親をなくし、見目が良いとは言えない私が慣例の行儀見習いに出て戻ってこないのは……そういった道を諦めたようにも見えたのかもしれません」

カッコ悪い親子喧嘩を、始めなくちゃいけなかったんだろうなって今更気づきました。

きっとすぐになんて、理解してもらえないでしょう。

だとしても。

私は、ちょっと……いやかなり？　世間から見て、変わった娘だったとしても。

お父さまは、今、はっきりと『愛している』と仰ってくださった。

それに対して私は、格好つけた『大人』のふりをしたままでいいんだろうか？

大体、私たち父娘の間で、ぶつかり合ったことなんてあっただろうか。そんなこと、一度としてありませんでした。

なぜなら私が、それを避けたから。

本来あるべき親子の関係を築いてこなかった責任は、お父さまだけじゃない。むしろ大いに私にあると言えるんじゃないだろうかと、今になって思いました。

前世の記憶を元に大人の振る舞いをしてしまったのだから。

「お母さまを亡くして、支えを失ったお父さまが一生懸命に領主としてのお仕事をしていらしたことを知っています。だから私は我儘を言ってはいけないと、思っていました」

「……えっ」

「私は、確かに世間から見ると行き遅れですし……その、美人とはとても言えないかもしれません。アルダールとのことで様々な噂が飛び交っていることも、知っております。だけれど、それだけが全てじゃないんです。私は働くことで、認めていただけることがどれほどありがたいのかを知りました」

「ユリア……?」

「今では可愛い後輩たちもおりますし、とても充実して暮らしているんです。……結果として、ファンディッド家に良いことをもたらせたのならば、嬉しいです。ですけど」

その後、上手く言葉が出ません。

一生懸命、言葉を紡いでいるつもりなのに。何一つとして上手く喋れてなんかいないのです。喉がはりついたかのようで、頭の中は真っ白です。

きっとお父さまだって、私が急にこんなことをたくさん言い始めて混乱しているのでしょう。私だって、ここまで自分が不器用だと思いませんでした。

「……ごめんなさい、お父さま。ただ私、お父さまにどうしてもわかっていただきたくて。……ちゃんと、その。もっとお話をしたいです。今までわかってくれるだろうって勝手にそう思っていて」

「……」

「でも、それじゃだめですよね。お父さまともっとたくさん、話をするべきでした。頭でっかちな娘で、本当に申し訳ございません。メレクの婚約関係のお話が済んだら、私とも時間を作っていただけますか？」

「あ、ああ……勿論だとも。私たちは親子じゃないか」

「ありがとう、お父さま。……私たちも、そろそろ食堂に向かいませんか？」

「……そうだね」

お父さまが私をエスコートしようと書斎から出てきて、腕を差し出してくれました。素直に応じると、お父さまが「お前は、すっかりレディになったんだねえ……」なんてしみじみ言うから少しだけ笑ってしまいました。

きっと私たちは、コミュニケーションが足りなかったんです。しかも現在進行形で。

結婚だ何だって言うくせに、レディになっただなんて！　お父さまも自分の発言がおかしかったのか、困ったように笑っています。

今日わかり合えなくてもいい。明日もわかり合えないかもしれない。

いや、下手したらパーバス伯爵さまが来てそれどころじゃなくなるという可能性も⁉

（そうならないといいなあ、なんだかようやく一歩を踏み出した気がするっていうのに！）

少しだけ、お父さまとの関係で一歩前に進めた気になった所で、食堂に着くとメレクがこちらに駆け寄ってきました。

「姉上！」

「メレク、久しぶりね」

「昨晩着いたのだと先程、母上から伺いました」

「ええ」

笑顔で出迎えてくれる弟、プライスレス。

うん、うちの弟ったら相変わらず可愛い。この子がもう結婚だなんて、時間が経つのは早いものですね……!!

小さい頃は私の後ろをついて歩いていたのに……今じゃあ私と同じ背丈どころかいつの間にか抜かれてたんでした。

「ご挨拶が遅れました。おかえりなさい、姉上」

「ただいま、メレク」

それでもふにゃっと笑ってくれるその姿は、変わらぬ可愛い弟です!!

家族揃っての朝食といえばとても聞こえが良いですし、間違いありませんが……私にとって緊張する食卓です。

なんせ先程のお父さま、お義母さまとのやり取りがあったせいでしょうかね？　食事そのものは美味しいんですが……。美味しいものを食べているのにそれを堪能できないっていうか。

ところで、食堂の扉のところにレジーナさんが姿勢正しく警護についているんですが、……王城で見る姿と寸分違《たが》わず本気で護衛しにかかってきている……！　いえ、それが彼女のお仕事だとわかってはおりますが！

それも！　緊張する！　理由だと思います!!

王城でその姿を見るのはプリメラさまのためだと理解しているので、なんで私が今その立場になって守られているのかしらっていうね……。

（いえ、先程の泣きそうな顔を見られたのが一番の理由ね、きっと）

私は気恥ずかしくてたまらないので……いえ、なんでもないように振る舞ってはいますよ、表面上ね！

そんな風にぎこちない朝食もなんとか終えた所で、お義母さまが上機嫌でお父さまに話しかけておられました。

「ああ、美味しかった。なんだか今日は普段と違う味付けだったわね、ねえ、あなた」

「そうだねえ、……ユリア、これは、その、メッタボン殿だったかな？　彼の料理なのかい？」

「ファンディッド家の料理人と共におりましたので、おそらく」

「あら、だあれ？　そのメッタボンっていうのは」

「王女宮の料理人です。今回の帰省に関し、護衛役として共に来ました。あちらの護衛騎士隊所属のレジーナさんが護衛役なのですが、メッタボンも元冒険者なので……」

私の紹介に、レジーナさんが優雅に頭を下げる。

お義母さまはちょっと状況が飲み込めないらしくて眉を顰めただけだったけれど、メレクは意味がわかるらしく眉を顰めているのがなんとも。

まあ、そうだよねえ。

筆頭侍女という役職だからって、王国の護衛騎士隊に所属する人間が侍女の護衛につくというのは一般的ではありません。なにか事件に巻き込まれた、もしくは関わっているのだろうかって話ですよ……。

そうじゃないからこそ、正直、私もどんだけ好待遇って思うんですけどね。

だって本当に、ただの帰省で単なる護衛に王国でも優秀な騎士がついてくるって。

「まあいいわ。ねえ、午後には私の父が到着するから、その前にある程度のことは決めておいた方が良いと思うのよ。それから私とユリアは着替えてお出迎えをしなくては！　替えのドレスは持ってきている？　地味なものでは失礼ですからね！」

「お義母さま、一つお聞きしたいのですけれど」

「あら、どうしたの？」

ハイテンションのお義母さまの物言いは、なんとも色々引っ掛かるものがありました。

（……これ、言い出したら多分、この場の空気悪くなるんだよなあ）

娘としては最悪だよなあって、これからのことを考えると頭が痛くなります。

けれど、私の筆頭侍女としての経験が今ここでちゃんとしないと、メレクの婚約がろくでもない感じになるっていう気がするのです！　メレクが私の方を見て、頷いてくれました。

「お義母さまは、もしパーバス伯爵さまが今回の婚約について、何か仰られたらどうなさいますか？」

「え？　……なにを、言っているの」

「いえ、ただの確認です。当然のことではありますが、今回のこと、セレッセ家とファンディッド家の婚約です。その話し合いにタイミングよくお越しになられるので、少し気になったものですから」

「そ、それは気にしすぎというものよ？　パーバス伯爵家は私の生家。ましてやメレクは私の実子、つまり親戚なのだから気にかけて当然でしょう？」

まあ、お義母さまの立場からすれば、そうですよね。

私と違ってメレクはパーバス伯爵さまからすれば、確かに血の繋がった孫です。

でもまあ、小さい頃からうちではパーバス伯爵家からのお祝いなんて見たことないしメレクからもカードが届いたって話を聞いたことはありませんけど。

(そもそも親戚だからって言うけどさ、前回お父さまが大変だった時もスルーどころか苦情を言ってきたそうだから、私としてはパーバス伯爵家に対して良い印象はないのよね)

お父さまがやらかしたんだから、責任は本人が取れば良いって考えだとすれば、まあ仕方ないかなと思いますけど、でもその妻と息子、つまりお義母さまとメレクはパーバス家からしたら娘と孫でしょう。

彼らだけでも助け出すとか、今回限りで支援を……なんて、そんな話はついぞなかったのですから良い印象を持てって方が無理。

それに加えて、私に対する王城での態度ですよね。それらを総合して考えるとやっぱり良いようには思えないのです。

「今回、パーバス伯爵さまに、婚約するかもということで祝いの席でも設けようとお誘いなさったのですか？　お父さま」

「……いや、あちらから……その、婚約の噂を耳にしたらしく。私が、いたらぬ領主ゆえ、孫の婚約が泥臭いものになってはならぬと手伝いを申し出てくださって……」

「お父さまも孫であるメレクのことを案じてのことなのよ？」

いやいや、無難な質問をぶつけたら直球でダメな回答が戻ってくるとか。

他家の婚約話に勝手に首ツッコむ宣言されて、なぜこの人たちは平然としているのでしょう！

私からの問いかけに、お父さまはお義母さまをちらちらと見ながら歯切れ悪く答えられました。

そしてその言葉に被せるかのようにお義母さまが私に言ってきます。

「……お父さま……」

私の言いたいことがわかるのでしょう、お父さまが困った顔をしてから、目を逸らしました。

お義母さまは今回のことで、実家に認めてもらえると喜びいっぱいなのでしょうが、パーバス伯爵ってどんな人なのか、事前にもっと調べておけば良かったと思います！

（ううーん、これはまずい）

少なくとも貴族的な常識というのが若干ないっていうか、確実にうちを見下してるなってことはわかりました。

お父さまからすると、パーバス伯爵というのは家格が上ってだけじゃなく妻の父、つまり岳父《がくふ》であるかつての上司なので、強く出られないといったところでしょうか。

その上、妻のこの喜びようから、諫めようものなら噛みつかれて過去の浮気話も持ち出されて、ただでさえちょっと家での立場がないのがさらに危うく、ってところですかね。

でもまだ当主なんだからそこは強くあってほしいんですけど‼

だってこれ普通に考えて、セレッセ家とファンディッド家の問題なんだから。

孫のためっていうなら頼まれてから動くか、動いていいか聞いてからとかそういう貴族のメンツってのをさぁ……、考えてほしいっていうか、普通は考えるんですよ。

「メレクも、了承済みのことなのですよね？」

「メレクは関係ないでしょう？」

きょとんとして首を傾げるお義母さまに、私はぎょっとしてまたお父さまを見てしまいました。

お父さまは思いっきり窓の外を見ていらっしゃって、っておおおい⁉

いや？　いやいや？　お義母さまはファンディッド家に嫁いでこられてから今日まで、とても真面目に領主の妻としてお過ごしになられ、例の問題が起きた時も毅然として対処してくれたあの貴族女性としての姿は一体どこへ。

「お、お義母さま。親が子のために動くことは当然かと思いますが、メレクは当事者であり、次期当主。この婚約が調い次第、当主代理として収まることまで内定している場合は軽んじてはいけないはずですが」

「それは、そうだけれど……でもまだメレクは」

まだ子供、そう続きそうな言葉はさすがにお義母さまも口になさいませんでした。

けれど、メレクは悔しそうに唇を噛んで俯きましたが、すぐに意を決したように顔を上げました。

「母上……」

その顔は決意に満ちていて、少なくともお義母さまが守ってあげなくてはいけないような子供ではありません。そしてその表情に、お義母さまがびっくりした顔をしておりましたが私もなんとなく感じ取ってしまったのです。

「母上、僕はパーバス家の力をお借りせずとも、この顔合わせは恙《つつが》なく済むと確信しています。どうして信じてくださらないのですか」

（あっ……もしかして今まで、お義母さまを悲しませたくなくて黙ってたとかそんな空気だった？）

私、空気読めてなかった⁉　空気を読むのは得意だったはずなのですが。いやでも……。

そんな風に焦る私をよそに、お義母さまは顔色を変えました。

「でもパーバス伯爵家の力を借りてセレッセ家とも繋がりさえ持てば、今後ファンディッド家は発展すると思うのよ！　ユリアだって幸いにもバウム家の子息と、王女殿下の輿入れを支えるためにとはいえお付き合いできているのだし！　今がチャンスじゃない‼」

「母上！」

若干風向きが悪いことを察したらしいお義母さまが、半ば叫ぶようにして立ち上がりました。その発言の内容に私もなんと言っていいかわからないですが、まあ心情はわかるけど……という複雑さを感じざるをえません。

（お父さまと同じでこの人も、私が見目が悪くて仕方なく働いている先妻の娘ってイメージなんだろうなあ）

後妻として、先妻の娘にも愛情を注いでくれたことは感謝していますが、どうにもこう……私たち家族は噛み合ってません。やっぱり話し合いが足りないのでしょうか。

お義母さまからすると、バウム家に嫁がれるプリメラさまの侍女にするために、アルダールが王女専属侍女である私と交際を始めた……と解釈できるわけですね。

アルダールを知らない人からしたら、そんな風に見えるんだなあと改めて突きつけられた思いです。

（身内にそんな風に連続で言われると、胸が苦しくなるもんだなあ）

いいえ、もう先程みたいに打ちひしがれませんけどね。後でそこのところは格好悪いって言われてもいいからきちんと話し合いに持ち込むつもりですから！

でも私が何かを言うよりも先に、メレクが厳しい声のまま言葉を続けました。

「母上、これ以上余計なことを口にするのはおやめください。姉上に対しても謝罪を。父上も、何故黙っておられるのですか！」

「め、メレク……」

「姉上、今回の件は先に手紙でお知らせしておくべきでした。僕が、自分の力で両親を諌められると過信したがゆえにこうなったのです。……すみません」

しゅんとしたメレクに、私は何とも言えない。

（え、つまりそれって、婚約の話が出てすぐに、パーバス伯爵家の干渉とかお義母さまの浮かれっぷりがあって、ずっとメレクは奮闘していたってこと、なのかな……!?）

新年祭で浮かれていた私が知らない間に、弟がどうやら超苦労していた……!?

なんとも言えない沈黙が、私たち家族の間に落ちました。お父さまはおろおろとしながら、私たち家族の顔色を窺《うかが》うようにちらちらと視線を彷徨わせ、お義母さまは憤然としながらも顔色を青くしておいでです。

メレクは……落ち着いているようですが、どこか辛そうでした。さもありなん。

けれどここで解散して、問題を先延ばしにする気はないのでしょう。メレクは朝食を片付けるよう指示を出し、人払いをするようにと言いつけました。

そして朝食が片付けられ、侍女たちが下がっても、メレクの言葉に従う理由がないレジーナさんが残る中、それに対してお義母さまが口を開こうとするのをお父さまが首を振って止めています。

うん、あれだ。

（お、思った以上に険悪ムードスタートになった……‼）

まあ私がきっかけですけどね！

とはいえアレは誰かが言わないといけなくて、どうやらメレクが穏便に穏便にとやっていたけど全く効果がなくて今に至る、ということのようだけど……うん、ほらあれだ、私も言い方が悪くて、お義母さまもちょっと引くに引けなかったとかもありますよね。

（そもそもは、当主で夫のお父さまがしっかりしてくれるのが一番なんだけどなあ……この夫婦、見事なまでに『利害の一致』による夫婦だからなあ）

情はあると思うけど、それが愛情かどうか問われると……お父さまは上司から押し付けられた嫁っていう感じでどこかこう、他人行儀というか……息子の母親として尊重しているっていう雰囲気？

だからまあ、よそに癒しとか居場所を求めたっていう感じが抜けないんですが。それもまあ、貴族の、領地持ち爵位持ち一家の主として考えるなら甘えとしか言いようがないんですけれども。

「メレク、あの人も出ていってもらうべきよ！　どうして……」

「母上、あの方は護衛騎士。我々が動かせる方ではございません。姉上の御身をお守りするよう指示されてきておられるのですから」

「ユリア、貴女からもなんとか言ってちょうだい！」

「え、ええと……。レジーナさん、あの」

お義母さまの剣幕に、思わず私がレジーナさんの方を見れば、彼女は表情を一切変えずにきっぱりとした口調で言いました。

「申し訳ございませんが、ファンディッド夫人。王太后さまの命によりユリアさまの身辺警護を仰《おお》せつかっておりますれば、夫人のご意向に添うことはいたしかねます。アタシのことは石像と思いお気になさらず」

「……っ、な、な、んで……っ」

ぱくぱくと口を開閉するお義母さまは、私とレジーナさんを交互に見て泣きそうな顔をしていました。

ううん……私としてもこの情けない感じの家族会議になると思っていませんでしたから、どうせだったらドアの外にいてほしいなあと思うんですが……レジーナさんはどうにも動きそうにない、というかちょっと怒ってらっしゃる？

多分、私に対してメッタボンと共に親身になってくれていることから、お義母さまの先程の発言がちょっとカチンと来たんでしょうね。

……私、友人関係に恵まれてますね。そう言っていいのかちょっと言葉にしづらいですけれども……身分的なこととか色々、まあ、あるので。

とはいえ、メレクがこうして意志を示してくれたのは、勇気がいることだったのではないだろうかと思ったので、私は先に弟と向き合うことにしました。

「とりあえず、……メレク、その。ごめんなさい、私は何も知らなかったのね」

「いいえ、姉上が悪いわけでは」

なんだろう、姉弟で謝り合う光景ってのもちょっとおかしい。

でもとりあえず、ここからなんとか、話し合いを建設的なものにしなくては！

改めて私はメレクを見て、口を開きました。もう色々なりふり構ってられないでしょう。

「メレク、改めて聞きます。パーバス伯爵家の後援を受け入れ、セレッセ伯爵さまにその旨伝えての婚儀にするつもりはありますか」

「ありません」

「メレクっ……、貴方、貴方なんてこと言うの！　おじいさまなのよ⁉　貴方の、血の繋がったおじいさまなのよ⁉　ユリアは血が繋がっていないのだから、この子の意見は私たちの関係に口出しなどできないのよ‼」

「いいえ、母上。伯爵家のご当主であられるおじいさまであれば尚のこと、今回のことは黙って見守っていただきたいと思いますし、また僕は次期当主としてこの事柄に対し行動をきちんと選ぶことができなければ、セレッセ伯爵さまのお眼鏡にも適わないと思っています」

「なにをっ、なにを馬鹿な……なんてこと、ああ……なんてこと！」

「お義母さま、落ち着いてください。メレクはあくまで今、自分の意見を述べただけで……」

「折角！　折角日の目を見るのよ⁉」

だんっと大きくテーブルを叩いたお義母さまが、自分で出した音だけれどそれが思ったよりも大きかったのかびっくりしたようでした。少しだけ息を詰め、冷静になられたように見えました。

それでも興奮冷めやらぬというか、怒りか、あるいは焦りか。

複雑な表情を浮かべてメレクを睨み、それからお父さまを睨みました。私のことは……どうしていいのかわからなかったのか、レジーナさんが怖かったのか。そこはわかりませんが、すぐに視線は逸らされてしまいました。

けれどメレクは、そんなお義母さまの感情をぶつけられても表情を一切変えませんでした。

「そもそも、この縁談はパーバス伯爵家の力は何一つ関係していないのです、母上」

「そ、れは……」

「僕が社交界デビューした折に、そこで出会ったセレッセ伯爵さまが姉上を知っておられたことからその弟である僕に興味を持ってくださった。それが始まりなのですから」

「え、そうだったのですか？」

そうそうメレクは私よりも前に、セレッセ伯爵さまと面識があったのでしたね。

あの方は社交界の顔役ともいえる存在なので、メレクがご挨拶をした際に会話が生じるのは何らおかしなことではありません。

ですが、まさかそれが私の話題だとは誰が想像できたでしょうか。

思わず私もメレクを見れば、メレクはふふっと楽しそうに笑いました。

「あの方に初めてお会いした時、こう言われましたよ。『キミがあの有能な筆頭侍女殿の弟か！はてさて、キミはお父上のような保守的な人間なのか、あるいは姉上に似た前衛的な思考を持つ人間なのか。興味があるな！』と……」

「まあ！」

前衛的とは……？

それって結婚よりもお仕事っていう思考のことですかね？　いやいやまっさかぁ……多分ですが、書類のフォーマットを作ったとかその辺りのことでしょう。当時は革新的だのなんだの、文官に感謝もされましたし、あの宰相閣下にもお褒めいただいちゃいましたしね！

　おかげで私は有能な侍女だという噂が流れて、当時はプリメラさまも、鼻が高いと大変喜んでおられたことを思い出しますね。

（あっ、オルタンス嬢が私を尊敬しているとか言ってたのって、もしかしてそのことなのかな？）

「ですから母上」

「……」

「おじいさまが今日、『パーバス伯爵家当主』の立場でこの縁談にご意見を述べられるのであれば、僕はそれを拒否せねばなりません。ですが、本日来られるのだから、もう領地をとうの昔に出発なさっておいででしょう。それを拒むことはできません」

「……」

「ですから、お客さまとしてお迎えいたします。ですが身内として出迎えるのは母上と僕とで十分でしょう。血が繋がっているのは僕らだけなのですから」

「そ、それは言葉の綾で……っ、ユリアを軽んじているわけじゃないのよ。出迎えをするのであればファンディッド家揃って、きちんとした格好をすべきだと、ちゃんと言っているのがその証拠でしょう？」

「それはそうですが」

　メレクはちらりと私を見て、レジーナさんを見て、ため息を吐きました。

　ああ……本当、私が新年祭ではしゃいでた頃からメレクもしかして超頑張ってた……？

　なんてことでしょう、弟が苦労している雰囲気に私も何を言って良いのかわかりません。お義母さまもさすがに思う所はあるんでしょう、視線をあちらこちらに慌ただしく動かして、何も言わない御父さまにまた苛立ったのか、キッと睨んでらっしゃいます。

お父さまは……うん、いやほら。そろそろ外じゃなくてこっちを見よう。現実見て!!

「母上、姉上に家族での話し合いをすると申し上げておきながら、おじいさまが来訪なされることをお伝えなさらなかったのではありませんか。僕が知らせると言った時には、自分から伝えるから気にするなと……」

「えっ、そんな前から決まっていたのですか!?」

やだーもうそれ、パーバス伯爵が口出しするよって宣言しているようなものじゃないですか。

お義母さまはやはり、わかっているのかもしれません。だからこそ私が、先手を打つことを恐れた……のかなと思いますが、どうなんでしょうか。

なにせ、パーバス伯爵家と血の繋がっていない長女。

王城勤めでそれなりに人脈があり、もし今回の婚姻で声を上げたなら、それ相応に影響が出そう……というのが残念ながら私の立ち位置ですからね!!

だからこそ、余計なことは言わないつもりでしたし、メレクの意向を大事に、それ一番大事に！と思っての帰省だったんですが……これ、どう考えてもひと悶着どころじゃなくて二つか三つか、それ以上に発生しそうな予感しかしませんね……!?

「でしたら、普段着で構わないでしょう。親戚をお迎えするだけなのですから」

「メレク……ねえ、お願いよ、母の願いを聞いてちょうだい！」

「母上、母上はパーバス伯爵家の娘なのですか。それとも、ファンディッド子爵夫人なのですか！」

　ばしっとお義母さまに現実を突きつけるメレクの表情は、凛としたものでしたけど。

　でも、やっぱりその表情はどこか辛そうで……私の胸が痛みます。

「お父さま」

「うっ、うむ」

「……お父さま」

「わ、わかってる。わかってるよ、ユリア……」

　私の呼びかけに、お父さまがようやくこちらを向いて。

　そして視線を床に落として、大きなため息を吐き出しました。なんでしょうそれ、『どうしても自分がやらなきゃだめなのかい……』っていうのが透けて見えますけど、私もここは譲りませんよ。

　一家の長で父親なんだから頑張ってくださいよお父さま！　私も精一杯援護しますから!!

「お、お前たち、ちょっと落ち着かないか……？」

　お父さまが、動いた……！

　と、いってもお父さまから出た声のちっちゃいことよ……!!

（頑張ってお父さま!!）

　思わずテーブルの下で、ぐっと手を握ってお父さまの様子を見ます。なんだかお父さまがものすごく、冷や汗をかいてる気がしますが、私の呼びかけに行動を起こしてくれた、それがものすごく嬉しい……!!

　改めて私は、お父さまとコミュニケーション、足りてないんだなあと思いましたよ。

父娘なんだから、とか。お父さまの方が大人なんだから、とか。

でも私だって大人になったけど、全然上手くできてないんだから、お父さまができなくたって文句なんか言えるはずもないのです。むしろお父さまは今まで頑張ってきてたんじゃないのかしら。

見た目が悪い娘は、よくわからないけど無愛想で大人びた行動ばっかりして、頼みにするはずの妻は若くしてこの世を去り、そうしたら今度は上司から娘を押し付けられて。

そもそもお父さまは、貴族としての責任というものが、好きじゃないんだろうなって前々から感じていました。気づかないふりをしておりましたが。

大公妃殿下との事件の時に、そう感じたのです。

私自身、見えないふりをしていたけれど、お父さまは……きっと、下手をしたら私よりもずっとずっと、不器用で、きっと貴族に似合わない人なのでしょう。

子爵という責任ある立場なのですし、大人だし、父親なんだし……ってそうやって私はお父さまをそういう風に見てきました。

でも、それ自体が間違っていたのかもしれないと思うようになったんです。

お父さまっていう、個人は……とても弱くて、優しくて、頼りなくて、誰よりも多分静かに生きていけたら良いとか、そんな感じだったんじゃないのかなあって。

それが悪いとは思いません。私だってそんな風に、モブとして埋もれて生きていくんだろうなあって常々思っていますしね。そういう点では似た者親子だと思います。

（うん？　なんかそう考えると私、随分モブのはずなのにモブっぽくない生活してるなあなんて……）

いやいや、今考える所じゃなかったね！

私は変わらずモブですよ！　プリメラさまの後ろにいつも控えている筆頭侍女ですとも。

さて、そんな風に私が考えている中で、お父さまが声を掛けた二人と言えば……おっと、反応がどっちもびっくりしてるってどういうことだろう。どんだけお父さまがいつもこういう時声を上げないかが察せられてなんだかかなり、うん、かーなーり、切ないんだけど⁉　娘として超切ない。

「ち、父上。いかがなされましたか？」

「あなた、今は私とメレクが話しておりますので、少しお待ちくださされば……」

「い、いや……その、お前たち、少し落ち着いて話をしようじゃ、ないか……。ええと、ええとだね」

（お父さま、ファイト‼）

当主らしく、とは今更ですが。

それでもお父さまの言葉を二人がびっくりして聞いているので、とりあえずヒートアップした二人が落ち着いたようです。なんかちょっと思ってたのと違うけど結果オーライ……？

とりあえず、お父さまも色々考えてはおられたのでしょう。言い出せなかっただけで。かなり躊躇ってから、彷徨わせていた視線を二人にもう一度しっかりと向けて、でもちょっと泣きそうな情けないお顔を見せました。

なんでしょう、大丈夫でしょうか。

メレクはハラハラしてるし、お義母さまはちょっと怪訝な顔をしてるし。

あれっ、うちの家族、なんでこんなにも色々おかしな感じなんでしょう⁉

おかしい、っていうのは表現として変かもしれませんけども。おかしいなあ、割とごく一般的な貴族家庭だと思ってたんですが。

（私とお父さまの問題だけじゃない……？）

お父さまとお義母さまが愛情に満ち溢れた夫婦とは思ってませんし、大公妃殿下との問題があってからは頭が上がらないってのはなんとなく察してましたけど、メレクまであの視線ってどういうこと？

いやまあ、お父さまはちょっぴり……いや、正直かなり頼りにならないところが多いけれど決して非道な領主ではないし、領民から案じられることはあっても好かれている方だったと思う。だから新年祭にどくだみの花束……ああ、うん……。

ともかく！　確かにお父さまは家庭人としてはちょっとアレかなって思うことを仕出かしましたし、私もそこは思うところがないわけではありません。が、二人がお父さまの態度に対してあんな感じになるなんておかしいって疑問符しか頭に浮かびません。

これは私の知らないところで、なんか他にも色々やらかしたってことですかね……!?

「まずはね、我々は今、揉めている場合じゃあないと思うんだよ。こうしている間にもパーバス伯爵さまはこちらに向かっておられるのだろうし、お客さまをお迎えする準備は私たち当主夫妻の役目だ。そして子爵夫人であるお前が、ユリアにそれを連絡しなかったことについては、その……どういうつもりだったかは、今は、聞かない」

「あなた……!!」

お義母さまはお父さまの言葉にショックを受けたようでしたが、それ以上は特に何かをいうことはありませんでした。

それにほっとした様子を見せたお父さまは、続けてメレクの方へと視線を向けました。

「メレク、もう一度確認しておくよ。パーバス伯爵さまが、祖父としてアドバイスをしてくださる分には聞くけれど、パーバス伯爵家としての意見であれば受け入れる気はないのだね？」

「は、はい！」

「ああ、なんということだ……うん、いや、……しかし、なんということだ……」

お父さまは呻くようにそう呟いて、天井を見上げています。

その顔色はあまり良くないように見えますが、それでもお父さまは泣きそうな顔のまま姿勢を正して私たちを見渡しました。

「パーバス伯爵さまがどのような態度を見せられるかはわからない。私などでは政治的にも貴族的にも敵わない、経験豊富な方だ。当然、もし先方がそのおつもりであれば、まだ若いメレクでは言いくるめられてしまうかもしれない。それならそれで最初から、パーバス伯爵家の後ろ盾を得る、そう考えた方がずっと楽かもしれないよ？」

「父上、僕は……!!」

「うんわかっているよ、メレクはメレクとしてファンディッド子爵家を思ってくれていることも。だけれどね、人には分相応という言葉がある。我々が器用だとか、優れた人間であるとは考えずに地に足をつけて生きるべきだと私は私の父から教わった。それをお前にも伝えていたつもりだよ」

「……僕は、セレッセ伯爵さまが僕をお認めくださったのは、父上が仰る『地に足をつけて生きている』ことに加えて姉上の考え方を見ていたからだと思っています。僕は特別なことをしようとしているわけではありません。きちんと、筋を通したいだけなのです！」

「……そうか……」

「父上は、ファンディッド子爵であられます。同時に、僕は次期当主としてこのお話をいただきました。本来であるならば、八方丸く収まるようにするのが優れた領主たる資質かと思います。ですが……」

メレクが、ちらりとお義母さまを見ました。

お義母さまはどんな顔をしていいのかわからない、という感じでしょうか。

私としてはまだ口を挟むタイミングではないなと思うので、黙っておりますが……うん、あの、お父さま。

ちょっと弱腰すぎるっていうか、私の記憶にないお祖父さまの仰る『地に足をつけて生きる』は多分、意味が違うような気がするんですがどうなんですかね……？

でもお父さまが、当主らしく私たちの話を聞いてそれで判断をしようとする姿に、若干の感動を覚えています。

それくらい当たり前だろうって思われるかもしれませんが、だって……最近見たお父さまの姿が、大公妃殿下にメロメロだったり、私に同情するあまり泣き崩れる姿だったりとかだったものですから……。

「母上は、どのような立場でものをお考えになられているのか、僕もここではっきりさせたいと思います。できれば、パーバス伯爵さまがご到着される前に」

「おお、メレク……！　私は、私の行動はファンディッド子爵家のためのものなのよ⁉」

「母上！」

「メレク、メレク。落ち着きなさい。……それとお前も、声を荒げるものではないよ。パーバス伯爵さまがお前に目をかけてくれるのが嬉しいのだとしても、今回はメレク主導の話でいこうねと私からも言ったじゃないか。お前もそれで良いって言ってくれたのは、あれは偽りだったのかい？」

メレクとお義母さまが白熱してきたところで、お父さまが二人を交互に見ながら諫める姿はなかなかご立派です。顔色がよくありませんし、椅子に座っているのに引け腰だとわかるのがアレですが。

「いいえ、いいえ。あなた。でもメレクは私たちの息子で、ファンディッド子爵家の跡取りなんですよ！　誤ったことが起きて、セレッセ伯爵さまから婚約を反古《ほご》にされるようなことがあったら……!!」

「あ、あのう」

ああ、もう。このままじゃあ話が進まない。

メレクも冷静なようでかっかしているし、お義母さまはこの調子だし、お父さまはどちらかというと長いものに巻かれた方が楽なのにっていう態度を隠しきれてないし！

メレクの婚約話ですし、私があまり口を挟んでも良くないからと、なるべく発言しないようにとは心掛けていましたが、そういっている場合じゃありません。本格的に。

カッコ悪い喧嘩をしよう。

そう決めてはいたけれど、まずは私、家族に嫌われる覚悟でこの問題解決から頑張りたいと思います！　一番良いのは全員が納得できることなのでしょうけれど、なかなかに難しそうです。

私が声を上げたことで、全員が私を見ました。

（落ち着くのよ、私。やれるでしょ、私！）

本来はファンディッド子爵家の令嬢ユリアとして会話に参加するべきだけど、今は筆頭侍女、ユリア・フォン・ファンディッドとしての考え方に切り替えましょう。

どうしてもこの家の子供として会話に参加すると、自分の感情を優先してしまうところがあります。だから仕事モードというのでしょうか、そちらをオンにしたら多少はマシになるんじゃないかと思ったわけです。

勿論、気持ちを切り替えて思考を切り替えて……なんて、そこまで器用な人間じゃあないですから、仕事モードだろうと相手に対してイラッとしちゃうこともありますけど。それでも現況を考えるに、冷静さは必要です。

そういう意味で『仕事だ』って頭を切り替えることって結構有効だと思うんですがどうでしょうか。

私が仕事をしてきたことは無駄じゃないし、こういうところでも役立てられるならば、それも親孝行の一つじゃない？　何も結婚や、コネを作るとかそういうのばかりが親孝行じゃないと思います。

それを実践するのはまさに、今じゃないでしょうか!!

「お父さま、失礼いたします。まず、私たち家族でお互いに思うところがあることはわかりました。そのことについて話し合う必要もあると感じています……が、残念ながら本日午後にはお客さまをお迎えせねばならないということで、時間は限られております」

「あ、ああ」

「まずお父さまの、いいえ、ファンディッド子爵家ご当主の意向としては、次期当主であるメレクの意見を大事にしたいということですね？　そしてそれに対してお義母さまも賛同なされたと」

「……そう、だね。そうだよ」

「え、ええ……」

お義母さまが私の言葉に目を泳がせているけど、本音は賛同したくなかったのかな？

その辺りは感情的な問題なのでしょう。私に対してはちょっと不満そうな雰囲気も見えるけれど、それは普段家にいない私がこうやって口出ししていることに対してのような気がします。

でも時間は限られてるし、このぐだぐだ状態で意図の読めないパーバス伯爵さまをお迎えするのは、正直良くない気がするので今はそちらに構ってはいられません。

（まあそれはそれで問題を先送りした、という気がしないでもないんだけどね……）

私は家族問題を一旦頭の隅に追いやって、これからのことに考えを馳《は》せました。

（すでにお客さまが来るっていうことは事前にわかっていたんだから、きっと部屋の準備などはお義母さまが整えてくれているでしょうしそちらはお任せするとして、私たちは話を少しでも進めておくべきかしら）

時間が限られている中で、できる限りのことをするとなると無駄な動きはできません。

お父さまたちの意向を耳にした上で、弟の方を見ればなんだか少し元気になったように見えて私はちょっとほっといたしました。

「メレクの意向は先ほどと変わらず、セレッセ家とファンディッド家、双方の話し合いによる婚儀の決め方ということで良いかしら？」

「はい！」

「ではファンディッド家としての方針は決定いたしましたね。もう時間はそうございませんので今度はその辺りについて少し決めておいた方が無難と思います。いかがでしょうか」

私が問えば、お父さまは頷いただけでした。もうそれでいいよ、ってことでしょうか。お父さま？　うん、まあその辺りも後でちゃんと話し合いましょうね！

メレクは申し訳なさそうにしつつ、正直助かった、みたいな顔してますね。そんなことでどうしますか!!

（まったくもう、その辺りも後でちゃんとお父さまと話し合ってもらいたい。男性陣がそんな弱腰でどうすんのかしら）

思わず心配になりましたがそれもまた、後程話し合うことにいたしましょうそうしましょう。問題の先送りじゃない、とりあえず目の前のことから片付ける精神です！

お義母さまは、まあ面白くないんでしょう。眉間に皺が……癖になりますよ？

お父さまも仰っていましたが、お義母さまからするとパーバス伯爵さまに目をかけてもらえたってことを喜んでおいでの所に水を差されたようなものです。でもメレクじゃないですが、ファンディッド子爵夫人としての立場でものを考えてほしいなって私も思うんです。普段はできているはずなんですから。

多分、今の私と同じで、娘っていう立場の不思議な感情が問題なんでしょうね。

そこのところ、ちゃんと私も話し合っていたら、お義母さまだってもっと心を開いてお話ししてくださっていたかもしれません。私も家族に向き合ってこなかった、そのことが悔やまれてきました。

ないがしろにしていたつもりはありません。

けれど、相手がどう感じているのか……それを私はもっと考えるべきだったのかもしれない。

「パーバス伯爵さまがどのようなお考えで本日お越しになられるかは、お義母さまは伺っておられますか？　それに対して我が家の返答を定めておいた方が、お互いに会話がしやすいと思うのですが……」

「父は、メレクに助言とお祝いをすると……ほかには、身内を連れていくとしか……、私は聞いていないわ」

「……助言、ですか。それと、身内の方というのは……？」

「内容までは知らないし、きっと次期当主でもある私の兄のことだと思うけれど……。聞かれても困るわ、どうせあの人たちは私に詳しくなんて教えてくれないんだから！」

「母上！」

ばんっと机を大きく叩いたお義母さまは興奮した様子でしたが、ふーっと大きく息を吐き出して私を睨みました。けれど、睨んでそして泣きそうな顔をして、最終的には俯いてしまって。

あれ、なんだか私が苛《いじ》めたみたいな空気になるんですけれども。

ただ方針を決めて、それでいいねって確認して、それを貫くためにどういう話をしたらいいのか先に知っておきたかっただけなんだけどな。

「……」

すっかり黙ってしまったお義母さまに、私はちょっとだけ困惑する。

（ええ……私、そんな変なこと聞いたかなあ）

それとも、私の口調がきつく感じたとか？　だとしたら反省です。

とりあえず私は王城勤めが長いけれど、パーバス伯爵さまと会ったことはありません。

以前、私に声を掛けてきたのはもっとずっと若い人で、見た感じの年齢的に考えるとお義母さまよりも若い男性だったから……あの親戚っていうのはパーバス伯爵家直系男児の誰か、もしくはただの親戚だったりとか？

（うーん、どうしましょう）

少しだけ考えて、みんながとりあえず納得するだけの話をしてみれば良いのではないか、と閃きました!!

「レジーナさん、少しお話を伺ってもよろしいですか」

「はい、何でしょうかユリアさま」

「セレッセ伯爵さまは以前近衛隊に所属しておられたと聞いております。レジーナさんも面識が？」

「はい、ございます。大変気さくな方でございました。ただ、伯爵位を継がれるために退役なさってからは直接お声をいただくことはございませんが」

私の言葉に明朗に返してくれるレジーナさんが、そっと微笑んだ。

どうやら私が行動したことを喜んでいるらしいレジーナさんに、私としては苦笑するしかありません。いやいや、できたら大人しく『娘』の立場を貫きたかったですけどね。

（……違うか、これもこの家の娘としての役割か）

家族全員で、ちゃんと向き合うことに向き合って、誰かがやってくれる……じゃなくて、なんでもいいから家族のためにちょっとしたことくらいするのが思いやり、か。

私はどこでそんな単純なことを忘れていたんだろう。

プリメラさまが第一で、とか。

仕事が楽しくて、とか。

こんなことじゃプリメラさまのお役に立つとか、手本となるレディであるとか胸を張って言えないじゃありませんか！

（しっかりしなきゃ）

私はプリメラさまを幸せにするって決めたのです。それは何も悪役令嬢っぽい感じに成長させないとか、ディーンさまがドMにならないとか、そういうことばっかりじゃないんです。

しっかりとした、ちゃんと誰かに対して思いやりを持つとか、そんな当たり前のことを示せる大人としてお傍にいて、その姿勢を見せる！

そういうのだって大人の役割じゃないかと改めて思いました!!

「……近衛隊におられたセレッセ伯爵さまの人となりはどのようなものでしたか？」

「今と同じくして気さくで明るく、人気のあるお方でした。大変優れた方で、近衛騎士隊に入ってこられたバウム殿と特に仲が良かったように思います」

「えっ」

あ、アルダール？　そんなこと言ってなかったような。

先輩後輩の仲だっていうのは聞いてましたが、そこまで仲が良かったの？

いやまあ、仲が良さげだなあとは思ったけど。思わず変な声出ちゃったよ……。

「ただ、セレッセ伯爵さまは人の好き嫌いに関してはふり幅が大きかったように思います。向上心や自立心のない人間とは疎遠になっていくようなお方だったと、記憶しております」

「そうですか、ありがとうございます」

うん、すごく前にビアンカさまから聞いたオルタンス嬢の特徴と同じだね！　さすが兄妹ってやつでしょうか。

私がレジーナさんに対してお礼を言って再び家族に目を向けると、みんななんだか俯きがちですね。どうしたどうした⁉

「今、レジーナさんから聞いたことが全てではありませんが、セレッセ伯爵さまの人となりの一つとして考慮すべきだと私は思います。それらを加味して考えるならば、メレクの選択は間違いではなかったと思いますがどうお考えですか、お義母さま」

「わ、私？　何故私に聞くの……⁉」

「え？　まずはお義母さまのご意見もいただいて、お父さまのご意見もいただこうかと。その上で家族の合意としてパーバス伯爵さまが意見をくださるのでしたら、失礼のないようご返答すべきと思ったのですが……」

うん、いやだってね？　うちは子爵家で、伯爵家の人から意見された時にぐらついた答えなんて出したら失礼だしね。筋が通ってないから、っていうのはある程度理由にはなるだろうけど、禍根《かこん》を残すのは良くないし。

それに何といってもパーバス伯爵さまは一応、親戚だし。一応。

私からすると他人もいい所ですけどね！

（お義母さまがパーバス伯爵さまご滞在中、居心地悪くなっちゃうとかそういうのは、私も望んでませんから）

だからしっかりとお互いに理解と覚悟をと思ったんですが……何か間違っているでしょうか。

私だけわかって、私だけ行動してっていうのは良くないと思うんです。アルダールにもこういうことは一人でやるのではなく、家族でやるべきじゃないかって教えてもらったんですから。

なので全員がきちんと話せるように、意見を言えるようにと思ったんですが……もしかしてこの考えもまた、押し付けになっているのでしょうか。思わず私はお父さまを見ましたが、何故だかお父さまが私をまるで別人を見ているかのような目でこちらを見ていました。

（……あれぇ……？）

なんでしょう、あの表情。解せぬ。

「……ええと、では今度はお父さま、お義母さま、パーバス伯爵さまの人となりについてお教えいただけませんか？」

「な、何故そんなことを……？」

「そうよ、何の必要が……？」

二人が怪訝そうな顔をしましたが、私はこれを大事なことだと思っています。

だって、そうでしょう。

「遠路よりお客さまがおいでになられるのでしたら、まずはお迎えするためにお客さまのお好みを知り、それをできる限りご用意する。温かいお茶とお菓子、だとしてもそれにも好みがございます。

そして温かく迎えられて悪い気分になられる方はおられませんでしょう」

私が微笑んで見せればお父さまが、ちょっとだけ驚いた顔をした気がします。


でも、そうです。

ここからが私の本領発揮。

王女宮の筆頭侍女の実力、今こそお見せしようじゃありませんか‼

「ファンディッド家のおもてなし、どうぞこのユリアにおまかせくださいませ！」

番外編　強くなれない、けれども……

娘の視線が、辛い。

目の前で息子と妻が言い合いをする姿にもげんなりするし、確かに自分が動くのが本来ならば正しいのだとわかってはいる。わかってはいるんだけども、どうしてこう……静かに、穏やかにいられないんだろう。


私はファンディッド子爵家を継いで以来、今日まで真面目にやってきたつもりだ。

初めの妻は親戚筋からの紹介だった。美しく聡明で、明るい性格で。私の手を取って共に歩いてくれるその姿に、いつだって私は笑顔でいられた。

娘が生まれて、その見た目があまり美人じゃないのは男親に似たためかとしょんぼりしてしまった時にも、妻は笑って慰めてくれた。

可愛い娘だ、自分たちの娘だと……それもそうだ、見た目の器量だけが女性の魅力ではないなぁと反省したのが懐かしい。

（今思えば、あの時が一番穏やかで、幸せだったかもしれない）

現在が不幸かと問われると決してそういう意味ではないのだが。

けれど、その妻を亡くして絶望した私に残されたのは、幼い娘だけだった。まだ母親の死を理解していないであろう小さな娘を、己が一人で育てていくのかと思うと、不憫でならなかった。

仕事をしながら、どう接していいのかわからない日々の中、使用人たちへ娘を預けるばかり。時折、妻が大事にしていた花壇に植わっている、名前もわからない花に水をやる程度の父親を、あの子がどう思っているのかと少しばかり恐ろしくすらあった。

愛しいとは思うのに、どう接して良いのかわからない。私を遠くから見ているのに、なんと声を掛けてやって良いのかもわからない、情けない父親だったのだ。

（良い父親ではない、という自覚はあった）

成長する娘は亡き妻にやっぱり似ていなくて、それでもきっと幸せになれるよ、大丈夫だよと私なりに応援してみると娘は何とも言えない表情を見せてくる。それを見て『ああ、やっぱり私は父親として上手くできないんだなあ』と落ち込みもした。

決して娘との関係が悪かったとは思わない。いつか時間が解決してくれるだろうなんて思っていたのもいけないんだと、今なら思う。

聞き訳が良い娘に、良い歳をして甘えていたのが悪かったのかもしれない。

後妻として紹介されるままに迎えた、パーバス伯爵家の次女だった妻は、社交界に不慣れなところもあったが、それはとても純朴で愛らしいと思った。

しっかり者で、ユリアにもちゃんと愛情をもって接してくれる姿はとても好感が持てたし、家族としてやっていけそうで安心した。彼女に任せればもう家のことは安心だと。

けれど、彼女も私のような男やもめに嫁ぎたかったわけではなかったんだろう。私はまだ、亡き妻を想っていたし、後妻である彼女は恋を知らない女性だったから。

妻は少なくとも私に対しては義務と責任、貴族らしい矜持と共に嫁いできた女性だった。

それでも互いを尊重し、助け合う形をとれていたと思う。

（そうだ、ここまでは問題なかった。いや、見えていなかっただけだろうか）

そして娘のユリアが、慣例通り王城に行儀見習いに行った。

ここから、何かが変わってしまったような気がする。

そこまでは、とても平穏な生活だったはずなんだ。愛した女性に先立たれた以外は、子供は健康で領地は貧しいながらも平和で、迎えた後妻との間に長男も儲けたから跡取り問題も解決。ここまで順風満帆な生活に、胸を撫でおろしたって良いと思う。

大した才能も才覚もないのならば大人しく長いものに巻かれ、領民を飢えさせることなくファンディッド子爵家を続かせよ、という先代の言葉を守って静かに暮らしてきたし、息子のメレクに跡目を譲った後も静かな隠居生活を送るつもりだった。

（私はどこか間違えていたんだろうか？）

ユリアは見た目があまり良くないけれど、優しいし頭の良い娘だ。行儀見習いを終えたら同じ子爵家か、少し劣って男爵家で良縁を探してあげられないだろうかと思っていた。もしかすれば行儀見習い中にどなたかに見初めてもらう可能性もあるかもしれないだろう？

娘の幸せを願う、それはどこの親でも持っている普通の願いだ。

そんな矢先に『王女殿下の専属侍女になった』と言って帰ってこなくなり……その後はあれよあれよという間に王城の侍女となり、なんと王女宮の筆頭侍女になり、という躍進ぶり。

そんなことは、ファンディッド子爵家という平凡な、それこそ末端貴族でしかない我が家には不似合いな話で、下級貴族の生まれであるユリアが、そんな無理をしてまで仕事という道を選ぶほど結婚に関して絶望していたのだろうかとこちらまで心配になった。

ところが何度いつ戻ってきてくれても構わない、穏やかな相手を探してあげるからと見合いを準備しようとするたびに、仕事が好きだから大丈夫だというのだ。なんて健気《けなげ》なことだろう！

侍女として頭を下げる生活よりも、下級ながらも貴族夫人として傅《かしず》かれる方が良い暮らしだってできるだろうに……やはり私が父親として足りなかったのか、と落ち込んだ。

その上ユリアが働いていることで、パーバス伯爵家側から妻も何か色々言われたのかもしれない。早く結婚させるべきじゃないのかとせっついてくる。

（ああ、私はただ、平和な生活を送りたいだけなのに）

一体どうしてこうなったんだろう。

それから時間が経って、私の失敗をユリアが助けてくれて、だけれどそれが原因で私は自分の家なのに肩身が狭くなって……いや、自業自得だ、そこは仕方ない。安らぎを家庭以外に求めたのは、私の心の弱さが原因なのだから。

メレクにいずれ家督を譲ることは当然の流れだったし、それが少し早まるだけで、逆に言えば肩の荷が下りるのだからありがたいと思うくらいだ。私は子爵位を継いだ身であったけれど、やはりその器でなかったのかもしれないと昔から思っていたのも事実。

気が付けば、メレクはセレッセ伯爵さまの妹御と婚約の話が内定し、ユリアはバウム家の子息とお付き合いをしているという。

おそらくは、いずれもなにかしらの利権があってのことなんだろう。

ユリアの交際は、王女殿下とバウム家嫡男の婚約をより良い形にするための政略なのだろうと噂を耳にしたし、それならばあり得るなあと納得もした。そこから娘もいずれは結婚に至るかもしれないと思うと安堵《あんど》で胸を撫でおろしたものだ。

政略が理由であっても、結婚は愛情だけが全てではない。友情でも良いし、とにかくなにがしかの情があれば上手くやっていけるはずだ。それが貴族の結婚というものなのだから。

始まりが政略からだとしても、もしかすれば愛情だって育つかもしれない。

バウム家は実直な人間が多いと聞くから、あの子に対して酷い振る舞いはしないだろう。

メレクとセレッセ伯爵家のご縁も、ユリアがきっかけだというから驚いたものだ。

私には繋いでやれない縁だと、父親として情けなく思ったが……うん、けれどメレクが才覚ある方に認めていただけたことは、親として素直に嬉しい。

二人に、少しばかり身の丈に余るような幸運が降ってきている気がしてならないが、父親としては応援するばかりだ。声にして応援すると、また失敗しそうだから黙っているけれども。

（二人とも、私にとって愛する子供なんだ。幸せになってもらいたいだけなんだ）

なかなかに、父親としてそれらしいことをしてやれていない気しかしないけれど。

妻とは、どこかまだしこりを残している気がするし……どうしてこう、どこで躓いてしまったのかなあ。

そして現在、娘の視線を受けて私は竦んでいる。

またどうせ失敗するに違いないんだから止めてくれと、どこかで文句を言いたい気持ちに蓋をした。ユリアの視線は、咎めるだけではなく私を頼ってくれているのだという、私をまだ父親として見てくれていることが、唯一の支えになった。

「お父さま」

「うっ、うむ」

「……お父さま」

「わ、わかってる。わかってるよ、ユリア……」

で、でもねユリア。

私は揉め事を仲裁するとか、本当に得意じゃないんだ。

じゃあ得意なのは何かって問われると、書類にハンコを押したりサインするだけならね、そういう作業を長時間しても嫌じゃないとか……そういうのじゃ、家族は守れないのかもしれない。というか、守れなかったんだけれども。

(でも、もし今頑張ったなら。少しでも、間に合うのだろうか)

私が、父親として、夫として、当主として、今更少しだけでも行動をしたら、この家族を、守ることは……できるのだろうか？

ふと視線を巡らせて、隣の娘を見る。

ユリアは、私を真っ直ぐに見ていた。その目は、呆れたものでも見下すものでも、当然蔑んだものでもない。ただ真っ直ぐに『父親としての私』を見てくれる、そんな眼差しだ。

(ああ……ユリア、今のお前は……お前の母さんに、そっくりだなあ)

私が情けないことになると、笑って慰めてくれた彼女の姿が娘に重なる。

全然違う表情で、どちらかといえば娘には叱られているだけなのだけれども。

私にばかり似て、可哀想な娘。

そう思ってばかりだったけれど、そうじゃなかったのかもしれない。

そうじゃないんだ、と何度も訴えてきた娘と、私は……もう少し、向き合うべきなのかもしれない。

（だけど、今は）

妻と、息子にも、向き合わなければ。

怖いけれども。怖いけれども……。

番外編　知られず苦労する人

アタシ、護衛騎士レジーナにとって、この場所は、ただの護衛対象のいる家に過ぎない。

護衛対象……すなわち、王女宮筆頭侍女であるユリアさまがいる場所は、彼女の実家であるファンディッド家。

今回、ユリアさまが休暇を申請してご実家に戻られたのは、領主の娘として弟である次期当主の婚約に向けて、家族間での認識の擦り合わせだという。

それに関してだけならば、アタシたちのような護衛騎士ではなく一般騎士を帰省の際につけるというのが一般的だろう。アタシの恋人でもあるメッタボンだって十分に腕が立つし、彼は王女宮で働いているから信頼もある。


本来、護衛騎士は近衛騎士に準ずる立場であり、王家、或いは城内における高位貴族の方の身辺警護に就くのが役目であると思う。

ではなぜアタシという護衛騎士がわざわざユリアさまを守るために同行しているのか、ということだ。それが何を意味するのかが重要になる。……そう、アタシは聞いている。

勿論、アタシにはその『意味』とやらを理解する必要はない。

（アタシがすべきことは、ユリアさまをお守りすることだもの）

騎士としてお仕えする王女殿下に大切に想われている方であり、アタシ個人としても大切な、恋人との関係に関する恩人であり……そして身分の問題上、口にすることは憚られるけれど友人だと思っている女性だから。

なにかがあるわけではないだろうけれど、とは聞いていても、たとえ『何があろうとも』お守りすると決めている。

……の、だけれども。

（王太后さまからのお声があって、王弟殿下が我々を動かした。どうしてそれに意味があると思わないんだろう？）

アタシは、目の前で繰り広げられる家族会議とやらに頭が痛い思いをしている。

アタシの周囲には物事をはっきりと意見として口にし、議論し、結論を出すタイプの女性騎士が多いこともあって、あまり貴族女性や貴族の家庭については詳しくない。

それは勿論、アタシ自身が平民の出自であることが関係しているのだけれど……どうしてこう、歯切れの悪い会話をしているのだろうと思わずにはいられないのだ。

顔には出さないし、口出ししないし、置物と思ってくれと言わんばかりに直立不動でいるし、ここで見聞きしたことを外で漏らすつもりなんて毛頭ない。それは騎士として、護衛役として鉄則だ。

「メレク、あの人も出ていってもらうべきよ！　どうして……」

「母上、あの方は護衛騎士。我々が動かせる方ではございません。姉上の御身をお守りするよう指示されてきておられるのですから」

「ユリア、貴女からもなんとか言ってちょうだい！」

「え、ええと……。レジーナさん、あの」

家族会議をするのだからと邸内の人間に席を外すよう指示を出したファンディッド子爵さま方だけれど、アタシはそれに従う理由がない。

だというのに、夫人がヒステリックな声を上げる様子には、我慢できずにため息が出そうだった。

ユリアさまも王女宮で指揮を執《と》っておられる時はあんなにも凛としておいでなのに、ここでは振る舞い方に戸惑いを覚えておられる様子。

（そんなに違うものなのかしらね）

まあ、心構えが違うものなんだろう。

特にユリアさまのご家庭は、特別悪くはない代わりに特別良くもない、なんというか互いに他人行儀なところのある家族のように見えたから。

だからちょっとしたことで互いに繕っていた部分がほつれて慌てているんじゃないかなと思う。

「申し訳ございませんが、ファンディッド夫人。王太后さまの命によりユリアさまの身辺警護を仰せつかっておりますれば、夫人のご意向に添うことはいたしかねます。アタシのことは石像と思いお気になさらず」

「……っ、な、な、んで……っ」

ユリアさまの歯切れが悪いので、彼女がファンディッド夫人の意見に流される前にアタシがはっきりと己の職分を全うして何が悪いのかと突き付ける。

どうせユリアさまのことだから、このぐだぐだなところを見せるのが格好悪いとか申し訳ないとか、その辺でアタシに気遣っているんだろうけれど。

アタシからしてみれば、職務を全うするのは騎士として当然のことなのだから、気にしないでくれるのが一番だと思う。まあ、メッタボンがこの場にいたならばまた無遠慮に色々と口出ししそうなのでアタシとしてはそっちの方が心配だけれどね。

（まったくもって、このご家族はユリアさまを軽んじてないかしら？）

いくらなんでも、馬鹿にしすぎだと思う。

この場にいるのがアタシで、本当に良かったと思ってもらわなければ！

バウム殿が知ったらそれこそ恐ろしいんじゃ……って実際にお二人の付き合っている姿を見ている私は思う。

（あんなどっからどう見ても相思相愛としか言いようのない二人の姿を見せられて、あれが政略的に口説いただけだとか誰が信じるっていうのよ。直接見たことがないからなんだろうけど、怖いもの知らずとしか言いようがないわ）

だからってバウム殿がユリアさまのご家族にひどい真似をするとは思わないけれどね！　そんなことをするならアタシだって一応擁護くらいはするつもり。一応ね。

……いえ、まあ。アタシも公僕だから、結局この任務が終わった後に報告に行くのだけれど。

そちらの方まではちょっと、どうにもできないかしら。

（報告先が王太后さまなのだけれど、この人たちわかっているのかしら）

ユリアさまがご家族のためにと奮戦すればするほど、王太后さまがこの件を後で聞いて、ファンディッド家に対しどのような心証を持たれるかまではわからない。

（まあ、ユリアさまのご生家ってことで悪いようにはされないと思うけれどね）

アタシの先輩にあたる、キース・レッス・フォン・セレッセ伯爵さまとも縁続きになるし、あの方は王太后さまとも懇意であるというから、ユリアさまの弟君が今後どのように動かれるかで評価が変わっていくのでしょう。

まあ、武人たるアタシには関係ない話ではあるのだけれど。

とりあえず。友人が悲しむことがないなら、それ以上問題はない。

アタシが護衛の任を務めている間にも、目の前のご家族たちは喧々囂々《けんけんごうごう》と身内の争いとやらを繰り広げられていて。

（あら）

そうこうしていると、ようやく覚悟を決めたのか、ユリアさまがアタシに質問したりご家族に意見を述べたりと……そうそう、その方が貴女らしいわ！　そう喝采したくなったのは秘密。

そうよ、ユリアさまはお嬢さま然としているよりもきりりっと侍女として働いている姿の方が、ずっと生き生きとしているもの。

働く女の姿を、ぜひここでも発揮してみせてあげてほしいものだわ！

「ファンディッド家のおもてなし、どうぞこのユリアにおまかせくださいませ！」

そう胸を張った彼女を見るご家族の視線はちょっと心配だけれどね。

まあ、アタシはアタシにできる範囲で彼女に協力していきたいと思うわ。

（といっても、できそうなことは……揉めごとになりそうなら彼女の肩を持つことと、できるかぎり傍にいることくらいかしら？）

後はメッタボンにこの話し合いのことをざくざくっと……そうね、ユリアさまが大変そうだった、ってくらいは話して美味しいお茶のセットを用意してもらおうかしら。

ここに来る前、王太后さまから任務を命じられた後でセレッセ伯爵さまにもお声をいただいていることは、ユリアさまには話していない。単純に挨拶されただけだけど、絶対にあれはアタシに対して無言の圧があった。

っていうことは、『なにもない』のは『なにかある』んだろうなって思うから、アタシは気を引き締めて護衛にあたらなければならない。

ユリアさまをしっかり守れ。そういうことでしょうからね。

まあ、出がけにバウム殿にまでしっかりとお願いされちゃったし、アタシだって仕事の手を抜く気はないし、友人としても勿論しっかりやらせてもらうから心配ご無用って思うけどね！

……でも、思うに、ユリアさまって。

本人が自覚していないだけで、あの方が望めば、大抵のことは実は叶うんじゃないかしら。

ご自覚がないだけで、権力者たちと随分繋がりがあるんだもの。

（本人が無欲なのが本当に救いよねえ）

アタシは、誰にも気が付かれないように、そっとため息をつくのだった。

異世界温泉で あったかどんぶりごはん

著：渡《わた》里《り》あずま　イラスト：くろでこ

幼い頃に異世界トリップした真嶋恵理三十歳。

トリップ以来、恩人とその息子を支えようとアラサーになるまで最強パーティ「獅子の咆哮」で冒険者として頑張ってきた、が……その息子に「ババァ」呼ばわりされたので、冒険者を辞めることにした。

「これからは、好きなことをやろう……そう、この世界に米食を広めるとか！」

ただ異世界の米は長粒種（いわゆるタイ米）。

「食べやすいようにどんぶりにしてみようか」

食べた人をほっこり温める、異世界あったかどんぶりごはん屋さん、開店です！

転生しまして、現在は侍女でございます。 5

＊本作は「小説家になろう」（https://syosetu.com/）に掲載されていた作品を、大幅に加筆修正したものとなります。
＊この作品はフィクションです。実在の人物・団体・事件・地名・名称等とは一切関係ありません。

2020年1月20日　第一刷発行

著者 ……………… 玉響なつめ
©TAMAYURA NATSUME/Frontier Works Inc.
イラスト ……………… 仁藤あかね
発行者 ……………… 辻 政英
発行所 ……………… 株式会社フロンティアワークス
〒170-0013　東京都豊島区東池袋 3-22-17
東池袋セントラルプレイス 5F
営業　TEL 03-5957-1030　FAX 03-5957-1533
アリアンローズ公式サイト　http://arianrose.jp
編集 ……………… 玉置哲之・今井遼介
フォーマットデザイン ……………… ウエダデザイン室
装丁デザイン ……………… 鈴木 勉（BELL'S GRAPHICS）
印刷所 ……………… シナノ書籍印刷株式会社

二次元コードまたはURLより本書に関するアンケートにご協力ください

http://arianrose.jp/questionnaire/

● PC・スマートフォンに対応しております（一部対応していない機種もございます）。
●サイトにアクセスする際にかかる通信費はご負担ください。